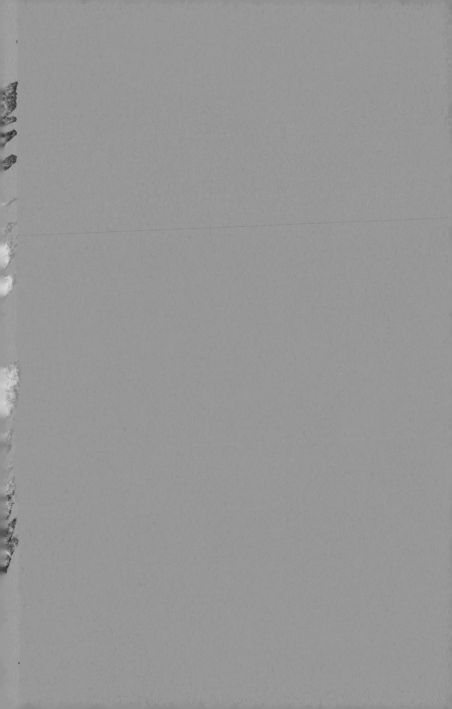

不死王はスローライフを希望します

FUSHIOU WA SLOW LIFE WO KIBOU SHIMASU

4

小狐丸
Kogitsunemaru

ill. 高瀬コウ

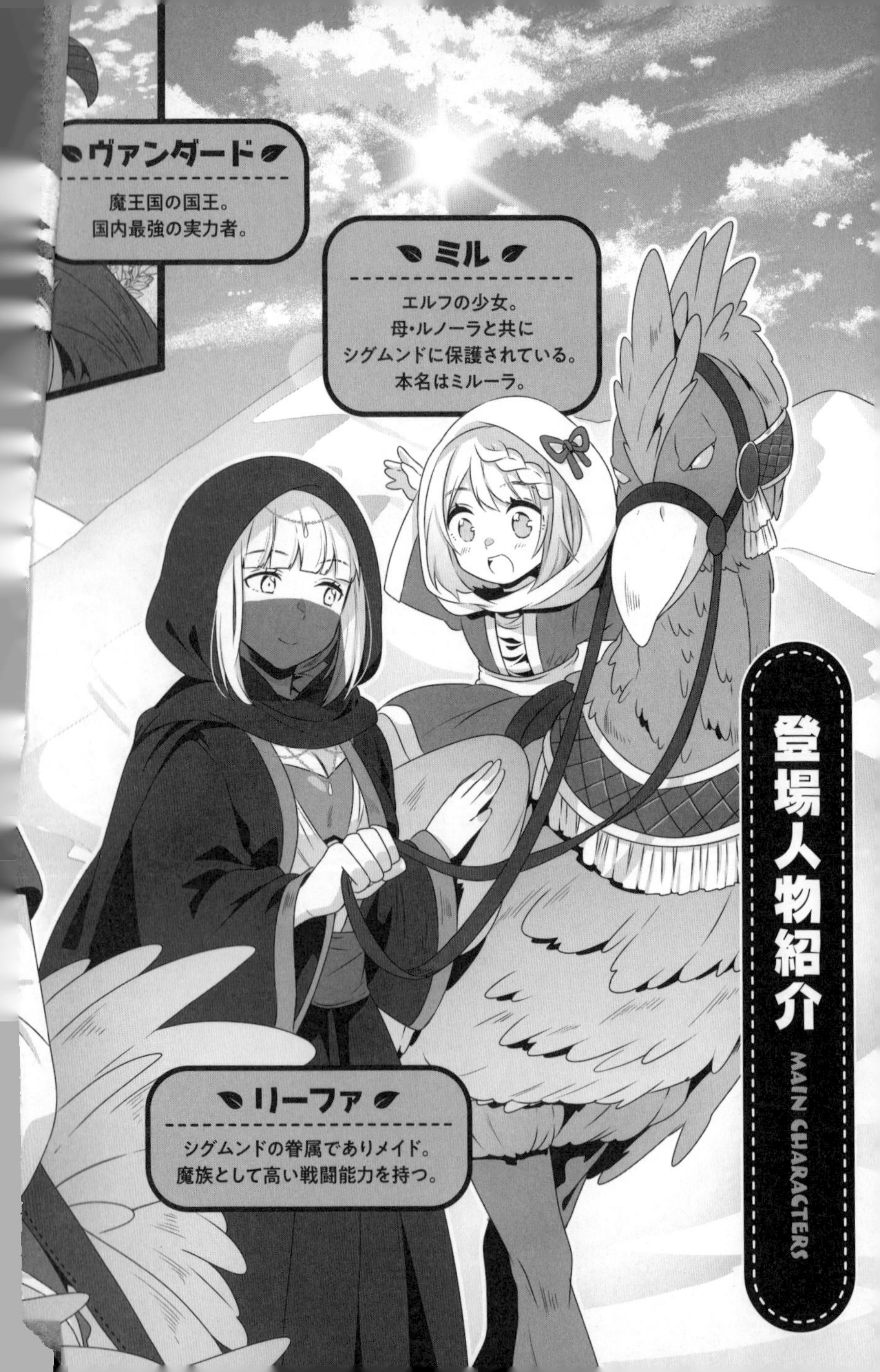
登場人物紹介
MAIN CHARACTERS
ヴァンダード
魔王国の国王。
国内最強の実力者。
ミル
エルフの少女。
母・ルノーラと共に
シグムンドに保護されている。
本名はミルーラ。
リーファ
シグムンドの眷属でありメイド。
魔族として高い戦闘能力を持つ。

ダーヴィッド
魔王国の第二王子。
賢くて優秀。
ポーラ
難民の少女。
シグムンドが作った
孤児院に保護されている。
ララ
エルフの少女。
いつも姉のミルと
一緒に遊んでいる。
本名はララーナ。
シグムンド
本編の主人公。
最底辺の魔物・ゴーストから、
最強の吸血鬼・
不死王に進化する。
スローライフを志す。

一話　魔王《まおう》、思考を放棄《ほうき》する

最弱の魔物、ゴーストとして異世界に転生したシグムンド。彼は進化を重ね、不死王《ふしおう》と呼ばれる伝説の吸血鬼に成り上がったのだが……

ある日、竜の住む南の大陸を訪れたシグムンドは、その地で復活しかけていた悪《あ》しき邪神《じゃしん》を、サクッと退治した。

それにより、創造神《そうぞうしん》から邪神の封印を見張るように言われていたチビ竜、オオ爺《ジジ》サマといった竜たちはその役目から解放された。その後、彼らはのんびり休息を取ることに決め、シグムンドが築いた草原の城塞都市へ遊びにやって来る。

しかし伝説的な存在である竜たちが飛来したことで、草原地帯の近隣国は大騒ぎとなった。

その頃ちょうどシグムンドの拠点を視察に訪れていた魔王国の武官のトップであるイグリスとその部下ラギアは、竜たちの姿を間近に見て、度肝《どぎも》を抜かれてしまう。

やがてなんとかショックから立ち直った二人は、竜たちのことを報告するため、魔王国への帰途に就《つ》くのだった。

◇

魔王国への道のりを、ノロノロと進むイグリスとラギア。

しかしいくらゆっくり行こうと、進み続ける限りはいずれ魔王国に到着してしまう。

イグリスはいまだに、魔王ヴァンダードに竜たちのことをどう報告するか思案していたが、ここに至ってすべてそのまま報告することに決めた。

イグリスは伝説の竜が実在したことにショックを受けすぎて、しばらく頭の整理がつかなかった。そしてこの衝撃的な情報をヴァンダードたちに伝える際、どうやったら彼らのショックを和《やわ》らげられるかと、悩み続けていた。

でもどう取り繕《つくろ》っても和らげるのは無理だろうと、頭の中で結論づける。

または、諦《あきら》めたとも言う。

やがてイグリスとラギアの視界の中に、この大陸でも最大級の建造物である魔王城が入ってきた。

「ああ、無駄にデカイ城が見えてきた」

「イグリス様、無駄にデカイなんて言わないでください。王城ですよ」

うんざりした様子で呟《つぶや》くイグリスに、隣にいるラギアが苦言を呈《てい》した。

「実際デカすぎて使ってない部屋ばかりの、無駄無駄な城じゃないか」

「まあ、間違いではありませんが。でも魔王国の武官のトップであるあなたが言ってはまずいですよ」

「ラギアも結局、無駄にデカイと思っているじゃないか」

そんな風に言い合う二人。

魔王国に住む魔族たちは人族と比べ、様々な特徴を持つ種族の集まりだ。その中には、人族より巨体の種族も珍しくない。

先代魔王バールは三メートル近い巨体だったし、現魔王のヴァンダードも二メートルを超える。

体の大きな種族でも窮屈《きゅうくつ》にならないよう、魔王城はそもそもの作りが大きくしてある。

加えて、魔族は大雑把《おおざっぱ》な性格の者が多い。

何代か前の魔王もそれに漏《も》れず大雑把だったので、大は小を兼《か》ねると言わんばかりに、この巨大な王城を建ててしまったのだ。

しかし、魔族の体に合わせて作ったはずのこの巨大な王城の評判は、すこぶる悪い。

広すぎて目的の場所に行くにも一苦労なせいで、城に勤める魔族たちからは苦情が上がっている。

「デカすぎて、保守点検も大変みたいですね」

うんざりした様子で言うラギアに、イグリスが頷《うなず》く。

「優秀な付与魔法を使う者を、王城の保守点検に張りつけるなんて、馬鹿じゃないかと思うよな」

魔王城には、劣化を防ぐ付与魔法が定期的に掛けられている。ただでさえデカくて管理が大変なのに、日々多くの人間が働いているので損耗《そんもう》が激しく、付与魔法が使える者による日常的な保守点検が必要なのだ。

「はぁ、それにしても、戻りたくないなぁ……」

「ですねぇ……」

ため息を吐《つ》いてそう漏らすイグリスとラギア。しかしそうこうしているうちに、二人は魔王城の城門にたどり着いてしまった。

イグリスたちが帰還したという知らせは、すぐにヴァンダードへと報告され、いつもの魔王国の重鎮たちが広間に集められる。

「イグリス、報告を聞こう」

イグリスたちが広間に入ると、魔王ヴァンダードが言った。ヴァンダードの側《そば》には、宰相《さいしょう》のデモリス、文官のトップのアバドンが控《ひか》えている。

「では、報告します……」

イグリスはそう言って、報告を始めた。自分の見たままをできるだけ正確に話す。

「まず、古竜《こりゅう》の草原地帯での目撃談は真実でした。そしてお祭しの通り、彼らはシグムンド殿のお客人でした。いや、お客竜なのか……？　ま、まあ、とにかくそういうことです」

「「「…………」」」

ヴァンダード、デモリス、アバドンは、全員絶句した。

「えーと、では現状判明していることを、とりあえず全部伝えますね」

イグリスは呆然とするヴァンダードたち三人に、天界《てんかい》で反乱を起こした邪神が創造神に封印されたこと、その封印の守護を創造神の生み出した古竜と呼ばれる竜たちが行っていたこと、封印が弱まって復活した邪神をシグムンドを倒したことなどを、すべて話した。

「「「…………」」」

再び絶句するヴァンダードたち。そして理解が追いつかないまま、口々に言う。

「……創造神様が創《つく》りし古竜？」

「邪神の封印とは……」

「邪神を滅ぼした？」

草原地帯で古竜が目撃されたという情報は事実だったと確認されたが、報告の内容はヴァンダードたちの精神が許容できるキャパシティを超えていた。

「あれっ？　ちゃんと聞いてます？」

ヴァンダードたちが固まっているのを見て、イグリスが尋ねた。

「……いや、それだけのことを、なぜ平然と話せるんだ？」

「陛下も目の前であの黄金竜様《おうごんりゅう》――いや、シグムンド殿はオオ爺サマと呼んでいましたが、とにかく古竜を実際に見れば、否応《いやおう》なく信じられますよ」

ヴァンダードは目を瞑《つむ》り考え込む。

「……その黄金竜と仲間の四体の古竜たちが力を合わせても再封印できなかった邪神を、シグムンド殿は単独で倒したのだな」

「そう言ってましたね」

「とんでもないことを軽く言うなっ！」

デモリスはイグリスにそう怒鳴《どな》るが、完全に八つ当たりだった。

しばらくしてヴァンダードが、決意した様子で言う。

「一度シグムンド殿と、じっくり話してみるか。我から出向くべきだな」

「陛下！　危険です！」」

デモリスとアバドンが驚き、同時に声を上げるのを、ヴァンダードがなだめる。

「冷静に考えろ。シグムンド殿がその気なら、魔王国どころか、この大陸を統《す》べるなど片手間であろう。シグムンド殿にもし魔王国と敵対する気があるなら、とっくに魔王国を滅ぼしていて当然だ」

相手は邪神を葬《ほうむ》るような存在なのだ。魔王国など、歯牙《しが》にもかけていないだろうとヴァンダードは考えていた。

幸いにもシグムンドの所では、セブール、リーファという、元魔王国の国民であり、間を取り持ってくれる存在が働いている。

シグムンドがこの先何を望み、何を嫌がるのか、できるだけ多くコミュニケーションを取って知っていこうと、ヴァンダードは方針を固めた。

可能ならばシグムンドと不戦の条約を結べれば最良だ。

不戦の条約というのは、国家が個人に対して求めるものではないのだが、シグムンドが単独で大陸を更地《さらち》にすらできそうな力を持つのだから仕方ない。

こうしてヴァンダードは、敵対しているジーラッド聖国《せいこく》にバレぬよう、極秘で草原地帯へと向かうことを決める。

それにあたっては、魔王国に戻ったばかりのイグリスに護衛の任務が言い渡された。

イグリスは盛大にブーイングするも、魔王たちに押し切られて任務に就くことが決定してしまう。

そこでイグリスはそれならとばかりに、ラギアも護衛の任務に巻き込むのだった。

二話　ご機嫌《きげん》伺いに行く魔王

わざと地味に設《しつら》えた魔王国の馬車が、騎馬の護衛に守られ南へと進む。

シグムンド個人が国家の安全保障を脅《おびや》かす存在だと、改めて突きつけられたヴァンダード。

ヴァンダードには魔王国の王として国を守る義務がある。

だが、シグムンドとの会見については、気が進まない。

はっきり言えば、行きたくない。

できれば、部下に任せてしまいたい。

そもそも、ヴァンダードが国を離れることはほとんどないのだ。しかもこんなお忍《しの》びで向かうなど、ほぼゼロに等しい。

ちなみに護衛は、イグリス自ら率《ひき》いる精鋭《せいえい》部隊である。

なおイグリスにしてみれば、こんな任務はいい迷惑だった。またあの黄金竜の威圧感を体験しなければならないのだから。

「ラギアもご苦労だな」

イグリスが隣にいるラギアに、そう声を掛けた。

「いえ。私は娘のリーファに会えるので構いません」

「ルードも連れてくればよかったか」

「いえ、夫のルードもリーファには会いたいでしょうが、シグムンド殿には近付きたくないと思いますから」

「文官のルードならそうだろうな」

イグリスのせいで、ラギアは再び草原地帯に赴くハメになった。

しかし、イグリスがシグムンドの所に蜻蛉《とんぼ》返りするなら、ラギアが道連れになるのは仕方ないのだ。

ラギアが魔王国に戻り、夫のルードに顔を見せてすぐにまた遠征なので、イグリスもさすがに悪いとは思っている。

しかし現状、魔王国とシグムンドとの一番太いパイプは、ラギアとルードなのだから、どちらかを連れていくのは当然だった。そうなると武官のラギア一択となるのはやむをえない。

ラギアとルードは、シグムンドの屋敷でメイドをしているリーファの両親だ。なのでヴァンダードたち魔王国側の者は、二人がいればシグムンド側から危害を加えられる可能性を少しでも下げることが可能と考えているのだ。

馬に乗ったままラギアとイグリスは会話を続ける。

「文官のルードに古竜の相手をさせるなんて可哀想《かわいそう》ですしね」

「だな。古竜が魔力を抑えてくれていても、普通じゃあの見た目で腰抜かすよな」

「シグムンド殿の孤児院《こじいん》の子供たちが普通に古竜と遊ぶのが信じられません」

「だよなぁ。あれ見たら、陛下も驚くだろうな」

魔王国の武官のトップであるイグリスの実力は、ヴァンダードに迫《せま》る。それだけにイグリスは、ヴァンダードも黄金竜を前にすれば、自分とさほど変わらぬ反応をすると想像できた。

魔王国一の実力者であるヴァンダードでも、古竜やシグムンドと比べてしまっては、飛び抜けて強いというわけではないのだ。

「あの黄金竜には、俺でもびびったからなぁ」

そうぼやくイグリスの横で、ラギアが相槌《あいづち》をうつ。

「シグムンド殿は、それ以上ですよね」

「いや、あそこまでいくと、もう何も感じないからいいんだよ」

「まあ、確かに」

「イグリス」

「はっ」

イグリスはヴァンダードに呼ばれて、自分の馬を馬車に寄せる。

「なんでしょう？」

「いや、魔物の気配がまったく感じられないから妙だと思ってな」

「ああ、そういうことですか」

魔王国から草原地帯まで行くには、大陸の北から南へと縦断する必要がある。その途中いくつかの国を抜けるので、道中は危険も多い。

前回シグムンドと会見した際は、部下たちがヴァンダードにそういった危険を避《さ》けさせるために、わざわざ魔王国と、シグムンドの拠点である深淵《しんえん》の森《もり》の中間地点に会見用の施設を作ったほどだ。

それなのに今回は直接、深淵の森より遠い草原地帯に向かっており、しかも魔王国を出てからの道のりがあまりにも順調すぎると、ヴァンダードは感じたのだ。

「魔王国からシグムンド殿が作った草原地帯の城塞都市まで、このところ行き来が活発ですからね。

おかげで道中の魔物や盗賊を駆逐《くちく》する勢いなんですよ」

シグムンドが作った草原地帯の農地では、魔王国主導で厳選した移民が多く働くようになっている。それゆえ、現在の草原地帯は、安全に農業のできる穀倉地帯《こくそうちたい》となりつつあった。

現在も移民事業は続けられており、定期的に魔王国と草原地帯を、精鋭の護衛つきで行き来する隊列のおかげで、街道周辺の魔物や盗賊は激減していた。

なおこれは魔王国の兵士たちの力だけでなく、シグムンドの眷属《けんぞく》であるブラッドストームレイブンという八咫烏《やたがらす》に似た魔物のヤタが、魔物や盗賊を狩っていることも原因だ。

「最近は移民だけじゃなく、商人も来てますしね」

イグリスが言うように、目ざとい商人が儲《もう》けの匂いを嗅《か》ぎつけ、城塞都市を訪れ始めていた。

シグムンドたちは時折、深淵の森で狩った魔物の肉を城塞都市に差し入れている。その肉は市内の人々で分けられ、解体された高価な魔物素材は、無造作《むぞうさ》に倉庫へと放り込まれている。

その魔物素材を交易で手に入れようと、商人は狙《ねら》っているのだ。

シグムンドたちには大したことのない魔物でも、深淵の森の魔物は一般の人間には手に入れることができない高級魔物素材となる。商人たちが喉《のど》から手が出るほど欲しがるのは仕方ない。

「ここに来るなんて、ガッツのある商人だとは思いますがね」

「ガッツのある？」

ヴァンダードはピンとこない様子で、イグリスに聞き返す。

「門を巨大なアイアンゴーレムが守り、市内でも警備ゴーレムが巡回してます。あんなの俺でも勝てませんよ。しかも奴ら賢いんです。悪さをしようものなら、たちまち叩き潰《つぶ》されちまいます。そんな城塞都市に自分から行くなど、ガッツがあるなぁと」

シグムンドが作ったゴーレムは、最初からかなり高性能なのだが、先輩ゴーレムに連れられ、深淵の森でパワーレベリングされている。

またいつの間にか進化していたり、高度な自我まで獲得していたりする者も多い。

中でも警備用ゴーレムとして生み出された個体は、進化の過程でシグムンドたちに害をもたらす者に敏感に反応するようになっていた。

「……ゴーレムがそれほど強いのか？」

ヴァンダードは信じられずに確認する。

「畑を耕《たがや》しているウッドゴーレムでも勝てるかなぁ。ちょっと難しいかもしれません」

「…………」

農作業用のゴーレムに、魔王国でも自分と肩を並べる武官のトップが勝てるか分からないと言う。

長年の付き合いでイグリスが冗談を言っているのではないと分かるヴァンダードは、よけいに戸惑う。

「まあ、実際に見てみないと理解できないでしょうしね」

「…………」

絶句し、ますます行きたくなくなるヴァンダードの気持ちとは裏腹に、馬車は普通の倍以上の速度で進む。

その上空を気配を消したヤタが監視していることは、誰一人気付かなかった。

三話　わざわざ魔王が会いに来るらしい

俺――シグムンドが、草原地帯の城塞都市で雑用をこなしていると、ヤタから念話《ねんわ》が来た。

(マスター。魔王がマスターに会うため、ここに向かってくるぞ)

「なぜ？　……って、たぶんオオ爺サマが原因だよな」

ていうかイグリスが魔王国に帰ったばっかなのに、ずいぶんすぐに魔王が来たな。

連絡もなしでいきなり草原地帯に向かってきてるようだが、俺が深淵の森の拠点に帰ってなくてよかったよ。まあ、転移《てんい》ですぐに移動できるから、俺にとってはどこに来ようが問題ない。

「いえ、旦那《だんな》様。黄金竜殿も原因の一つでしょうが、ここに来る主因は邪神をも葬る旦那様にあると思われます」

「私もお祖父《じい》様の意見に賛成です。分かりやすい脅威であるオオ爺サマよりも、旦那様ははるかに格上ですから」

俺とヤタの念話が聞こえていたのか、執事《しつじ》のセブール、メイドのリーファがすかさず言った。

今日はセブールとリーファ、二人ともが俺の供《とも》をしている。

そんなことより、この間イグリスが来たばかりなのに、今度は魔王が直々にここまで来るんだな。

「会いたきゃ俺が魔王国に行くのになぁ」

「いえ、旦那様が自ら出向くのは、相手に軽く見られたと、眷属一同が怒りで暴発《ぼうはつ》しかねません」

「いやいや、そんな大袈裟《おおげさ》な……って、マジか」

「「はい」」

そう返事をするセブールとリーファは、目が本気だ。

お前たち、つい最近まで魔王国の国民だったよな。なのに俺が魔王の所に出向くのは軽《かろ》んじられているって？　ガチで言ってるのか、お前たち。

で、話を魔王に戻そう。

ヴァンダードとは前回、深淵の森の拠点と、魔王国の中間地点で会った。だけど今回は、魔王がここ草原地帯までわざわざ来るらしい。

ちなみに草原地帯の孤児院では、今日も孤児院の子供たちと、エルフの姉妹のミルとララ、それと盲目《もうもく》だったポーラちゃんが、オオ爺サマに遊んでもらっている。

ポーラちゃんは以前まで目が見えなくて、外で遊ぶことが少なかった。でも俺が魔法で目を治療したので、今ではすっかり活発で元気な子供になっている。

今もポーラちゃんは、ミル、ララと楽しく過ごしてるんだろうな。

そんなことを考えていると、セブールが俺に言う。

「まあ、今現在は魔王国の隊列にちょっかいをかける勢力はないと思うので、魔王ヴァンダード陛下がここに出向いても問題ありませんでしょうな」

「確かに、俺が魔王国に出向くのがダメなら、ここで会うのが一番安全といえば安全か」

「はい。古竜にちょっかいかけようとする馬鹿対策として、旦那様が警備用ゴーレムを増やしたので、ここが一番安全でしょう。魔物に関しては、今は黄金竜殿がいるので、近寄る気配もございませんしな」

「そう言われると、会う場所はここしか選択肢がないような気がするな」

まあ、魔王と会うために前に魔王国が作った拠点もあるんだけど、オオ爺サマがいる今、一番安全と言ったらこの草原地帯の方だよな。

それにしても、魔王か。前世の常識から考えれば、国王がわざわざ一般人の俺に会いに来るなんてと不思議に思う。けど、そんな俺の違和感を気にしなければ、ここで会うのも悪くないか。

となると、あとは会見のための会場だな。

「なあセブール、相手は王様だぞ。どこで会えばいいんだ？」

「ご主人様の屋敷で問題ありません」

「いや、俺の屋敷は教会や孤児院は別にして、城塞都市内では一番大きな建物だけどさ。そうは言っても、さすがに普通の屋敷だから問題あるんじゃないか？」

屋敷にリビングはあるが、会議室や応接室なんて作ってない。

これは森の拠点にも言えるが、お偉いさんと会談するなんて前提のもとに、俺は家を作ってないからな。

そもそも、セブールやリーファと出会わなければ、ずっと俺一人きりで森に引《ひ》き篭《こも》ってただろうしな。

そんなわけで、貴人《きじん》をもてなすなんて一ミリも考えてなかったから、来客用の部屋なんて用意がない。

「あんまり大袈裟にならないような迎賓館《げいひんかん》でも作るか」

「それもようございますな。ただ、内装や調度品を用意するご主人様には負担がかかりますが……」

建物は作るのに大した手間がないんだが、趣味のいい内装や調度品は、セブールやリーファのアドバイスを聞きながら揃えるしかない。

まあ、それはおいといて。

「とりあえず、迎賓館を作るのに、森の拠点からウッドゴーレムを何人か連れてこよう」

トムたち、ファーマーゴーレムは器用なので、大工仕事も熟練の職人並の腕を持つに至っている。

それに加え、俺が魔法でごり押しで建てるので、魔王が来るまでには十分建造が間に合うだろう。

「ついでに、草原地帯の西側の街道をもっと綺麗《きれい》に整えるか」

「それはようございますね旦那様。加えて街道には、できれば馬車がすれ違える幅が欲しいですな」

セブールに続いて、リーファが言う。

「ご主人様。余裕があれば、東に建造した岩山の城までの道も拡張をお願いします」

「了解」

と、返事はしたけど、東側の道は正直あまり整備の必要はない。

西側から魔王が来るので、そっちは当然整備するが、草原地帯の東の岩山と、その上に建つデカイ城は、結局ほぼ使ってないからな。


その後、俺の作業は一日で済んだんだけど、迎賓館が完成してから気が付いた。

「ていうか、岩山の城で会えばよかったんじゃないか？」

俺が尋ねると、セブール、リーファが言う。

「……そういえば、あれもありましたな」

「でも魔王陛下との会談なら、ここがちょうどいいと思いますよ」

まあ、空を飛べたり転移したりできなきゃ、あの城は不便《ふべん》だからな。何せ、俺が魔法で作った岩山の上にあるし。

忘れてただけだし、実は昇降装置を設置して山頂への移動も楽になってるんだけど、今回はそういうことにしておこう。

さてと。魔王が到着するまで、まだ少し掛かるだろうし、俺はいつも通り過ごそうかな。

四話　会談

魔王ヴァンダードが乗る馬車の隊列に、国境付近から合流した馬車があった。

馬車に乗っているのは、魔王国の第二王子、ダーヴィッドだ。

現在、魔王国の難民の草原地帯への大規模な移送はいったん終了しているが、ダーヴィッドは今も定期的に魔王国と草原地帯を往復している。

難民たちの中から不埒《ふらち》な輩《やから》が出るのは、シグムンドを怒らせかねないのでまずい。そのためダーヴィッドは定期的に、移住後の難民の様子を確認しているのだ。

草原地帯に行く途中にある最後の宿泊地で、久しぶりにダーヴィッドとヴァンダードは親子での会話をしている。

「父上、緊張されてるのですか?」

「ウッ……さすがにな」

ヴァンダードはげんなりした表情で答えた。

ダーヴィッドは、こんな父親を見たことがない。

すかさずイグリスが、ヴァンダードにフォローを入れる。

「殿下、それは仕方ないですよ。セブール殿やリーファ嬢《じょう》ですら、我らよりずっと格上なのに、その主人であるシグムンド殿となれば、我らでは測りきれませんからな」

「そうだぞダーヴィッド。相手は神話やお伽話《とぎばなし》で語られる古竜よりも上の存在だ。今までの行動から、理不尽に暴力を振るうような御人《ごじん》ではないと思うが、一つ間違えれば魔王国など消し飛ぶのだぞ」

「まあ、確かにそうですね」

ダーヴィッドはヴァンダードの言葉に頷きながら、シグムンドの城塞都市を守るゴーレムを思い出す。

門を守る金属製のゴーレムだけでなく、都市内で農作業をしているウッドゴーレムですら、ダーヴィッドよりもはるかに強いのだから、ヴァンダードが緊張するのも仕方ないとダーヴィッドは考えた。

武力面で魔王国トップに君臨《くんりん》するヴァンダードでも、門を守るゴーレムや、城塞都市内を巡回警備するゴーレムに勝てないんじゃないのかと感じるほど、シグムンドの所のゴーレムは強いのだ。

シグムンドが作るゴーレムは、ダーヴィッドたちからすれば、だいぶおかしく感じられる。

城塞都市内のゴーレムはもとより、門を守る普段動かないゴーレムも明らかに自我を持っている。

錬金術師《れんきんじゅつし》や魔法使いが操るゴーレムに、普通自我など存在しない。シグムンドのゴーレム作りは、もう生命の創造みたいなものではとダーヴィッドは思っていた。

それに、あの城塞都市付近には厄災《やくさい》級の魔物、グレートタイラントアシュラベアのアスラもいる。

「僕はあれ――アスラというとんでもない存在と邂逅《かいこう》してますから、草原に竜が居座ってると聞いても父上よりショックは少なかったです。アスラを見ていない状態で、それらより格上のシグムンド殿に会うというのは、会見が二回目であろうと父上でもキツイのですね」

そう呟くダーヴィッドに、イグリスが言う。

「そういえば殿下は、グレートタイラントアシュラベアを間近に見てましたな」

「ああ、亡くなったお祖父様が可愛く感じるレベルの存在なんて、この世にいないって思ったんだけどね……」

「しかしアスラを見た俺でも、竜にはビビりました。なので陛下が竜以上の存在であるシグムンド殿に緊張するのは当然でしょうね」

無言のヴァンダードを横目に、そんな会話するイグリスとダーヴィッド。

「でも陛下。たぶん心配いりませんよ。シグムンド殿はジーラッド聖国の奴らと比べれば、はるかに穏やかで理性的ですから」

「僕はシグムンド殿には直接会ってませんが、今も我が国が頼りにしているセブール殿の主人なのですから、心配ないと思います」

イグリスとダーヴィッドが、ヴァンダードに適当な励ましの言葉を掛ける。

さっきまで緊張して当然と言っていたのに、今度は無責任に心配ないと言われ、ヴァンダードは反応に困ってしまった。

「う、うむ……」

それはさておき、ヴァンダードは感心していた。どちらかといえば文官向きで、魔王国では軽く扱われがちだったダーヴィッドが、少し見ないうちに逞《たくま》しくなったからだ。

イグリスは語らう親子二人を、嬉しそうに見守っていた。

魔王国では、国で最強の存在が王になる風習がある。

現時点では、第一王子のバーグも、第二王子のダーヴィッドも、魔王にふさわしいとは言えない。

ダーヴィッドの方は少し逞しくなったとはいえ、まだまだヴァンダードやイグリスはおろか、文官のアバドンや宰相のデモリスにさえ実力で遠く及ばないのだ。

ただヴァンダードの種族は、魔族の中でも長寿《ちょうじゅ》だ。時間はたくさんある。

ダーヴィッドに死ぬ気で鍛錬《たんれん》させれば、数十年後には魔王になれるのではとイグリスは思ったのだった。

悲報。ダーヴィッド、数十年にわたりスパルタで鍛えられることが決定したもよう。

◇

魔王がわざわざ俺――シグムンドに会いに来るらしいと分かって、迎賓館を作った次の日。

今日はいよいよ、その魔王との会談当日だ。

何か準備が必要かセブールに聞いてみたら「必要ございません」って言うだけだった。

ところで今日の俺は普段の服じゃなく、装備品を身に着けている。

前回はリーファと、人間そっくりのオートマタであるブラン、ノワールが仕立てた服を着て魔王に会った。

でも今回はブランやノワールに、この装備がいいと着せられたんだ。デザインが俺にふさわしいんだって。

確かに、ちょっと吸血鬼っぽい威圧感があるかもな。

服の上下とコートは、俺が昔攻略したダンジョン、深淵の迷宮の最下層で入手したものだ。深淵の迷宮でドロップしたんだから、神話級に近いアイテムと言えるだろう。

それはさておき、今日ここには、俺、セブール、リーファの三人以外に、他の眷属たちも来ている。

こちらが三人では魔王国に比べてあまりにも人数が少ないとセブールが言うので、普段はどちらか一人が必ず森の拠点にいるブランとノワールや、あまり草原地帯まで来ることの少ないゴーレムのクグノチまで参加している。

この世界では会談の際に両陣営の人数を揃えないと格式が損なわれるらしく、それを防ぐためにわざわざ来たらしい。

まあ、これだけいても人数を同数くらいにするのは無理なんだけどな。

向こうはなんといっても魔王だ。護衛や身の回りの世話をする人間を合わせると、お忍びといえど大人数になる。

「この人数では、まだ少なく感じますな」

セブールがそう文句を言った。

人数を揃えないと格式が保てないルールのこと、えらく気にしてるな。

森で引き篭もり生活をしてた俺にとっては、これで十分に大人数だと感じられるんだが。

ダンジョンに潜《もぐ》ってたのを入れれば、百年どころの単位じゃなくボッチだったんだ。ずいぶんと人が増えたとしみじみと思う。まあ、ほとんどは俺が作ったゴーレムやオートマタなんだけどさ。

「いやセブール、もうこのくらいでいいって」

「いえ、旦那様ならもっと使用人や護衛がいてしかるべきです。人間の眷属を増やしては？」

俺とセブールが話していると、リーファも会話に加わる。

「でもお祖父様、人間の眷属を作っても、森で使うのは難しいと思います。ご主人様の眷属となっても、もとが普通の人間では……」

リーファは人を増やすのに賛成だけど、うちで働くのは普通の人間では難しいという意見らしい。手っ取り早く人間を眷属にしても、俺が完璧に安全確保した上でパワーレベリングしないと深淵の森じゃ生き残れないから、リーファの言う通りかもな。

それに、誰彼なしに眷属にするのはなぁ。

俺的には何百人でも眷属にするだけの余裕はあるが、なんの絆《きずな》もない人間を眷属にとは思えない。俺の血と魔力を分け与えて作る「血の眷属」なら人数の制限はもっとゆるいんだが、そっちは俺的にもっとハードルが高い。

血の眷属にすると、吸血鬼の最上種であるバンパイアロードの亜種であるエレボロスに、種族を変化させしまうからな。しかもそのせいで、不死まではいかないが不老になる。

「リーファ、眷属にするにあたって、もとの力量は考えなくとも大丈夫です。ミルーラ嬢やララーナ嬢の守護をするシロとクロは、もともとはただの子猫《こねこ》ですよ」

「それもそうですね。でも、できればブランやノワールみたいに、ご主人様のお力で生み出された存在の方がいいと思います」

セブールとリーファが、勝手にどんな眷属がいいか語り合っている。

けどそもそも俺は、人数増やさなくていいんだが。

「ま、まあ、とりあえずこの件は会談が終わったら考えるよ」

「私は、少し知り合いを当たってみましょう」

眷属はもういいっていう俺の気持ちを分かってないみたいで、セブールは魔王国から眷属候補を探す気のようだ。

まあセブールは魔王国の中枢《ちゅうすう》で長く働いてきただけに、有能な人材とのコネがあるんだろう。

ただ、森の拠点での仕事を受けてもらうのは難しそうだ。会ってすぐに俺の眷属になんか、なりたくないだろうし。

そうこうしているうちに、俺の魔法による広域探知に、ここに近付く魔王の馬車の隊列が引っかかった。

「魔王ヴァンダードは、第二王子のダーヴィッドと一緒に来たみたいだな。イグリスとラギアさんもいる」

俺から遅れること少し、セブールとリーファも彼らを探知したようだ。

「陛下の護衛ですから、イグリス殿とラギアが率いる精鋭を連れてきたようですな」

「お母さんもご苦労様ね。この前来てたばかりなのに」

「いえリーファ。ラギアは娘に会えるのですから、喜んでいるでしょう」

全然関係ない話だけど、俺はもっと探知範囲を広げることは可能だ。それこそこの大陸どころか、オオ爺サマたちの故郷の南の大陸まで広げたって負担はない。ただ広げすぎると察知できるものが膨大《ぼうだい》になるので、煩《わずら》わしいからめったにしない。

それはさておき、出迎えをしなきゃな。

俺はリーファとセブールに魔王たちの案内をお願いする。

「じゃあ段取り通りよろしく」

「はい。かしこまりました」

「はい。では、私はクグノチと向かいます」

ところで今回、迎賓館にはわざわざ円卓を用意したんだ。どちらが上座《かみざ》だとか、決めるの面倒だしな。

セブールやリーファたちの認識では、俺が下座《しもざ》なんて考えられないらしいけど……俺はどっちでもいいから揉《も》めないようにしたい。

さて、魔王と二度目のご対面といこうか。

◇

魔王ヴァンダードはイグリスとラギアを伴《ともな》い、城塞都市にある迎賓館のような建物へと到着していた。

魔王たちが今いる迎賓館もだが、到着した直後にチェックインした宿も、魔王が宿泊してもなんら問題ない立派なものだった。

そしてこの迎賓館は、大きさは小さいものの、魔王国にはない格式の高い建物だと魔王国一行には感じられる。ちなみに部屋にある円卓も、ヴァンダードたちは初めて目にするものだった。

魔王国では、ただただ無駄に巨大な魔王城を見れば分かるように、建造物に芸術的なセンスは望めない。それは脳筋《のうきん》な者が多く、性格が大雑把という魔族の気質のためだ。

ヴァンダードたちが迎賓館に感心しつつ、しばらく待機していると、彼らがいる部屋にシグムンドがやって来た。

シグムンドを目にして、ヴァンダードはその背中に大量の汗をかく。

自分の父親であり絶対的な強者だった先代魔王バールが羽虫と思えるほど、恐ろしい存在感を持つ超越者がそこにいたからだ。

前回会った時以上の存在感をシグムンドから感じ、跪《ひざまず》きたくなる衝動を必死に抑えるヴァンダード。

ヴァンダードにとって不運なことに、今日のシグムンドは神話級のアイテムをたくさん装備している。

シグムンドの完璧な魔力操作により、彼から漏れ出す魔力で周囲が圧倒されることはない。

だがシグムンドの存在感は、古竜を超えるレベルだ。だから、ヴァンダードが神を前にしたのと近しい気持ちになるのも仕方ないのだった。

五話　ひとまず顔合わせ

俺――シグムンドは、魔王ヴァンダード、イグリス、ラギアさん、それと護衛が二人いる部屋で、魔王国との会談を始めた。

魔王の護衛がありえないくらい少ないのは、お忍びでの来訪ということもあるが、お互いの陣営の人数を揃えないと格式が保てないルールがあるから俺に気を遣《つか》ったんだろうな。

その魔王は相変わらず、俺のイメージする魔王そのままな「ザ・魔王」って雰囲気で、会うのが二度目にもかかわらず、思わずテンションが上がったよ。

もちろん、それを顔には出さないけどな。ポーカーフェースは得意なんだぜ。

おっと、魔王の顔から血の気が引いて、引きつってる？　俺の魔力操作は完璧なはずだけどな。

その時、セブールから念話が届く。

（旦那様。魔力を控えるだけではなく、ごく軽く気配を抑えていただけませんか）

（ほんの少しでいいのか？）

（はい）

セブールに言われた通り、ほんの少し気配を抑えてみる。

すると、魔王は落ち着いたみたいだった。

もともと俺は魔力を抑えているし、気配も極力抑えている。そうしないと周りに対する影響が大きいからな。

ただミルやララたちは俺の眷属になったから、魔力や気配から悪い影響は受けないみたいだ。それに孤児院の子供たちや教会のシスターたちも、俺がここまで抑えなくても平気だ。

そんなことを思っていると、セブールが推測ですがと前置きしつつ教えてくれた。

（おそらく、旦那様が庇護《ひご》する者たちと、そうでない者たちとの立場の違いなのでしょう）

（ふーん。そんなのが影響するのか）

それにしたって、前に魔王と森の近くで会談した時は、こんなに怯《おび》えてなかったと思うんだけどな。

けどそういえば、今日は深淵の迷宮で手に入れた装備を身に着けているから、そのせいもあるかもしれないな。何度か顔を合わせているイグリスも、なんか緊張しているみたいだし。

俺がボンヤリとそんなことを考えていると、魔王が口を開く。

「シグムンド殿、突然の会談に応じていただき申し訳ない」

そして驚いたことに、魔王自ら俺に礼を述べてきた。

これにはセブールも、ほんの一瞬驚いた様子を見せる。魔王国側がものすごく下手《したて》に出ているのが分かるからな。

まあでも、魔王自らこんな所まで足を運んで会談を望んでるんだ。このくらい畏《かしこ》まるのは普通なのか？　前回は、どちらかといえば対等な感じだったんだがな。

でも俺は前世も今世も平民なので、不敬かもしれないが普通に喋《しゃべ》らせてもらう。堅苦しいのは苦手だ。

「遠い所、わざわざありがとうございます。話があれば、こちから出向きましたよ」

こうしてお互い簡単に挨拶を済ませたところで、魔王が本題に入る。

「今回、我が自ら来たのは、この草原地帯に飛来した古竜がきっかけではあるが、この機会にシグムンド殿と話し合おうと考えたためだ。我は深淵の森を含め、この草原地帯をシグムンド殿の治める土地と定めたいと考えている」

つまり、魔王国という国家の立場として、大陸の東側が俺の領土だと認めるってことか。結構思いきった話だな。

イグリスたちも、ヴァンダードの発言に驚いてるみたいだ。

「ほぉ、森はともかく、草原地帯もでございますか？」

セブールも、少し眉を上げて驚いている。

「セブール、そなたなら分かると思うが、深淵の森は魔族だとしても足を踏み入れることは叶わぬ土地だ。その深淵の森から近いこの草原地帯も、シグムンド殿が開拓しなければ定住できる土地ではなかった。このような城塞都市を築くなど、魔王国はもちろんとして、どこの国でもなしえない。

シグムンド以外はなしえないのだから、シグムンド殿の治める地と考えるほかないだろう」

「ですが旦那様は、国王どころか領主ですらございませんぞ」

「魔王国を含めた大陸西側の諸国が力を合わせても、シグムンド殿の勢力には敵わぬ。なら深淵の森と草原はシグムンド殿の土地であると定め、友好的な関係を築くことを目指すのが、為政者《いせいしゃ》としての務めだと我は思う」

大陸西方で、最大の版図《はんと》を誇《ほこ》る魔王国が下手に出すぎな気がするのは俺だけだろうか。

結局、この日の会談は顔合わせと、魔王国側の要望を聞いてお開きとなった。

俺たちから魔王国への注文はない。魔王国であれ、西方諸国や遊牧民《ゆうぼくみん》であれ、森の拠点近くを荒らしたり、この草原地帯に俺が作った城塞都市や城へちょっかいをかけたりしなければ、俺としてはどうぞご自由にって感じなんだ。

ただ、セブールやリーファは、また少し考えていることが違うようで、この際、魔王国が認めた深淵の森と草原地帯を俺たちの縄張《なわば》りとして、聖国を除く西方諸国にも認めさせるつもりらしい。

まあ、その辺は二人にお任せだ。

こうして簡単な顔合わせ程度の会談が終わった後、セブールが明日の予定を伝えてくる。

「ヴァンダード殿たちがオオ爺サマへの挨拶を済ませた後、彼らには草原地帯の視察をしていただく予定です」

「俺は行かなくてもいいのか？」

「はい。向こうも旦那様が側にいると、気が休まらないと思いますので」

「まあ、確かに緊張してたもんな。仕方ないか」

「その後の細かな話し合いは、私にお任せください」

「とりあえず、何か困ったことがあったら念話で知らせてくれればいいよ」

細かい話ってなんだ？　と思ったけど、魔王国から何やら他にもお願いがあるらしい。

魔王国からは、ここの孤児院や教会を運営する人手を派遣してもらったこともあるし、西方諸国連合からの移民の取りまとめも頼んでいる。

だからよほど無茶なことでなければ、別に構わない。

いやでも、一応現時点で確認しておくか。

「ところで、お願いってのはなんなんだ？」

「おそらく、深淵の森外縁部での素材採取や、魔物討伐の許可。それに加え、森の中心部で採取できる薬草や魔物素材の取引のお願いでしょうな。森の中心部では、我々以外が活動するのは難しゅうございます。ですので、魔王国は我らとの交易をお望みかと」

「俺たちに迷惑がかからなければ、自由にすればいいんじゃないか？」

眷属たちのパワーレベリングをしたので、魔物素材は山ほどストックがある。

俺に限定しても、空間収納と影収納の両方に、大量の魔物素材やダンジョンで手に入れたアイテムが入っているから、在庫処分ができるならありがたい。

ちなみに空間収納は内部の時間が止まっている代わりに生物がしまえなくて、影収納は内部の時間が止まってない代わりに生物がしまえるという魔法だ。

「まあでも、とにかくセブールに任せるよ」

「承知いたしました。あまりランクの高い魔物素材を渡すのは考えものですしな」

深淵の森じゃないと手に入れることができない素材で、自力では手に入れることが無理めなものは、加減しながら取引を提示した方がいいよな。お世話になったにしても、あまり高ランクなものを譲る義理はない。

その辺のさじ加減は、セブールに丸投げだ。

だけど、オオ爺サマとの面会だけは立ち合おうかな。

さっき俺がいない方がいいとは言われたし、古竜という存在が魔王国にやられるとも思えないけど、古竜たちがうちのお客人……もといお客竜である以上、何かあったら困るしさ。

六話　草原地帯ツアー

草原地帯に赴いた我――ヴァンダードは明日、竜に対面することになっている。

ところで、我が草原地帯に足を運んだのは、生まれて初めてのことだ。

途中、別件で城塞都市へ向かう途中だった次男のダーヴィッドと合流でき、口には出せぬがホッとした。

それだけ今回の会談は、プレッシャーがかかるものだったのだ。

我にとっては親しみのあるセブールですら、すでに我の実力を超えているのは間違いない。

セブールは、父上に仕えていた時から実力者であると知られていた。が、久しぶりに会ったセブールはその時の実力を更に超え、別次元と思えるような気配を感じさせる存在となっていた。

そしてシグムンド殿は、そのセブールすら上回る。深淵の森近くで会談した時のシグムンド殿は、我らに気を遣って魔力や気配を極力抑えてくれていたのだと、改めて理解させられた。

それはさておき、なぜ我がわざわざ草原地帯に赴いたかについて話そう。

突如草原地帯に出現した城塞都市や、神が作ったような岩山の頂上にそびえる城など、もう我らでは理解の及ばないことが続き、魔王国として、シグムンド殿との良好な関係構築は急務であると感じたためだ。

そこにトドメのように、古竜飛来という事件もあった。

王である我が自ら出向くことに、現実を理解せず苦言を呈す者もいた。だがイグリスなど、実情を知る者は賛成してくれた。

そして昨日、我はとうとうシグムンド殿と二度目の邂逅を果たす。

相変わらず魔力を極力まで抑える完璧な魔力操作。これ一つとっても、シグムンド殿が尋常ではない強者だと分かる。

なにより、漏れ出す気配だけで膝《ひざ》を屈しそうになったのは初めてだ。

その気配は、あの父上すら赤子と感じられるほどのもので、我ごときではシグムンド殿の真の実力は測ることができぬのだろうと理解した。

ところで前回の会談の時と同じく、シグムンド殿はその馬鹿げた力とは裏腹に、非常に穏やかな人物であった。

話し合いが円滑に進み、お互い敵対することなく、良好な関係を構築していくことで合意できたのは本当によかった。

そして、話を最初に戻すが、とにかく明日、我は竜に挨拶することになっている。

「父上、どうして私も行かなきゃダメなんですか？　私も仕事があるんですけど」

息子のダーヴィッドを誘うと、迷惑そうに拒否してきた。

「そう言うなダーヴィッド。父を一人で古竜の前に行かせるのか」

「いや、古竜様は穏やかな方だと聞いていますよ。孤児院の子供たちもよく遊んでもらっているようですし」

「お前も古竜を見てみたいだろう？」

「いえ、私はいいです」

「いいから付き合え。これは王命だ」

「うわぁ。父上、こんなところで王命とか、意味が分からないんですが……」

嫌がるダーヴィッドをなんとか巻き込むことに成功した。


そして翌日、セブールが迎えに来た。

「…………」

我は思わず絶句してしまった。

セブールの横には、昨日も来ていたおかしなゴーレムがいる。

そのウッドゴーレムは、とてもじゃないが、ゴーレムなどとは思えない威圧感があった。

確か、クグノチとか言ったか。

絶対に我より強いと理解させられるゴーレムなんて、悪夢でしかない。まあ、今日はその強者が護衛だと思えば安心なのか？

いや、そのおかしなウッドゴーレムはまだいい。本当に問題なのは、その背後に見える大きな存在だ。アスラと呼ばれるグレートタイラントアシュラベアの巨体が、見たくなくとも目に入ってくる。

「今日はこの城塞都市の東にある、岩山の城まで行きますので、アスラに乗って移動しましょう」

セブールがサラッとヤバイことを言った。

厄災級の魔物になど、我は乗りたくないのだが。

「セブール、馬ではダメなのか？　我らの馬車馬は軍馬だから、足も速いし魔物にも怯《ひる》まぬぞ」

そう提案してみたが、セブールに一蹴されてしまう。

「軍馬も悪くはありませんが、アスラのスピードには勝てません。なにより、アスラに寄ってくる魔物などいませんから、アスラに乗った方が効率的です。まあアスラに乗らなくとも、旦那様のいるこの草原地帯に近寄ってくる魔物などいないかもしれませんが」

「……それはそうだろうな」

とにかく、グレートタイラントアシュラベアで行くのは決定のようだな。

「では行きましょう」

「あ、ああ」

「アスラ、皆さんが乗れるよう、かがんでもらえますか？」

おとなしくセブールの指示に従うグレートタイラントアシュラベア。

そしてクグノチが、アスラの背に乗るための足場を木魔法で出現させる。

ウッドゴーレムだから木魔法が使えるのは当然か……いや、そんなわけあるか！　魔法を使うゴーレムなど、レア中のレア個体ではないか！

だが誰もそこを指摘することなく、全員でアスラの背に乗り、城塞都市の門を出て、草原地帯の東へと向かう。

そういえば城塞都市の中にこんな厄災レベルの魔物がいても、誰も怖がったり騒いだりしないのはどうしてなのだ。というか先ほど、子供たちが笑顔で手まで振っていたのだが。

しかし、いくらアスラに乗るなど常識外れであると思っても、さすがに魔王である我が怖いと言い出すことはできぬので、仕方なく黙っている。

そして、草原地帯の東へと進んでいくと、そこには畑が広がっていた。

「見事な農地だな」

思わず呟くと、ダーヴィッドが北の方を指さしながら教えてくれる。

「でしょう。北側には牧場もあるんですよ」

傍《はた》から見れば、久しぶりの親子の会話を楽しんでいるように見えるかもしれぬな。

本当なら、我だって親子の会話を楽しみたかったのだが……

自分が跨《またが》っているのが、厄災レベルの魔物でさえなければな……

◇

そうこうしているうちに、ヴァンダードたちはオオ爺サマが滞在している場所まで到着した。

ヴァンダードはオオ爺サマの神々《こうごう》しい強大な体躯《たいく》を見上げ、しばし呆然とする。

一見情けない反応だが、そんな彼の反応に対して、口出しする者は誰もいない。

オオ爺サマと面識のあるイグリスとラギアでも、今回竜が初見のヴァンダードがそうなるのは仕方ないと考えていた。

何せ、自分たちも同じリアクションをしたのだから。

むしろヴァンダードの反応よりも、オオ爺サマによじ登り遊ぶ子供たちの姿の方が、いまだに信じられないくらいだった。

「おっ、お初にお目にかかり光栄です。魔王国の国王ヴァンダードと申します。お目にかかれて光栄です」

緊張のあまり、同じことを二回言うヴァンダード。

『ふむ。丁寧《ていねい》な挨拶、痛み入る。ワシは古竜の長《おさ》じゃ。黄金竜とでも、シグムンド殿たちや子供たちのようにオオ爺サマとでも、好きに呼んでくれればよい』

ちなみに先日バカンスに来ていたオオ爺サマ以外の古竜だが、今は南の大陸に帰っているので、ヴァンダードたちが遭遇《そうぐう》した古竜はオオ爺サマのみだった。

それはヴァンダードたちにとって幸福だったと言える。伝説でしか語られることのない竜。その暴力的なまでの威圧感が、多少は少なく済むのだから……

これだけ友好的なオオ爺サマであっても、面と向かっているヴァンダードの背には、大量の汗が伝っている。

力ある者を信奉する傾向の強い魔族から見ても、創造神が創り出した古竜は別格の存在として感じられたのだ。

ヴァンダードが無言になってしまったので、セブールがオオ爺サマに説明する。

「黄金竜殿。ヴァンダード陛下の治める魔王国は、大陸の西側最大の領土を持つ国でございます」

『ほぉ。魔王国といえば、確かここから北西方向じゃったかのぅ』

「はい。そして魔王国は、その地にて十年ほど前まで、西方諸国すべてを相手に戦争をしていたのですよ」

セブールの説明を隣で聞きながら、ヴァンダードはハラハラしている。

特に、西方諸国全部を相手取り戦争をしていたという下りでは、思わずセブールの口を塞《ふさ》ごうと手が動きかけた。

「い、今は、西方諸国のほとんどと停戦、もしくは終戦の条約を結び、関係は改善しています」

オオ爺サマに咎《とが》められるのではと思い、慌ててヴァンダードは、現在の状況を説明する。

『いや、ワシは人間同士の争い事に首は突っ込まんよ』

あっさり言うオオ爺サマ。

彼としては、人間や魔族同士のいざこざなどにあまり興味はないのだ。この星を滅ぼしかねないような出来事でもない限り、オオ爺サマをはじめとする古竜は介入したりしない。

「と、ところで、お、黄金竜様は、この先、この地で過ごされるのでしょうか？」

ヴァンダードがどもりながら尋ねた。ヴァンダードとしては、この先もオオ爺サマがこの地に居座り続けるのか否か、早く確認したかったのだ。

古竜といえば、それこそ神話級の存在であり、古竜自体が信仰の対象ですらある。

シグムンドが念入りに警護しているとはいえ、それでも愚《おろ》かな国が古竜を手に入れようとし、草原地帯に動乱を起こさないか、ヴァンダードは非常に心配だった。

『神より生み出された後、長きにわたり邪神の封印を守護するお役目を果たしてきたのでの。ほんの骨休めじゃ。なに、ほんの二千年か三千年ほどの予定じゃよ』

「………」

オオ爺サマが想像を絶する長期間滞在するらしいと知り、ヴァンダードは絶句した。

だが数千年以上を生きた古竜にとって、二千年か三千年など、少し長めの休暇感覚でしかないのは当然かもしれない、と認識を改める。

しかしそうなると、西方諸国連合の中で唯一厄介《やっかい》な国である、ジーラッド聖国が動きだすかもしれない。

ヴァンダードはイグリスと、小声でボソボソと会話をする。

「まずいな。聖国の奴らなら、絶対に黄金竜様を己のものとして扱いだすぞ」

「ああ、ありえますね」

厄介なことに、ジーラッド聖国の聖王《せいおう》であるバキャルは、自分が本気で神の血を引くと思い込んでいる。だが、それがどこの神なのか、またその神が、オオ爺サマや他の古竜たちを創り出した創造神と同一なのかは分からない。

だが聖国のめちゃくちゃな理屈では、神が創りし古竜は、自分たちのものだという主張になりかねないのだ。

いや、確実にそうなる未来しか、ヴァンダードには見えなかった。

「そろそろ、次の場所へ案内します」

思い悩んでいたヴァンダードを、セブールが促した。

「あ、ああ。分かった。では黄金竜様、失礼いたします」

『ふむ。ではまたの』

ヴァンダードやイグリスたちは、困ったことになったと思いつつも、オオ爺サマに深々と頭を下げて挨拶をし、その場をあとにした。

そして、少し離れた場所で待っているアスラのもとに移動する。

「ま、またアスラの背に乗り向かうのだな……」

アスラに乗るという行為にまだ慣れないヴァンダードは、アスラの前で躊躇《ちゅうちょ》してしまった。

セブールはそんなヴァンダードの戸惑いなど気にせず、あっさりと言う。

「はい。距離的にはそれほど遠くはありませんが、それでも徒歩で行くのは時間が掛かりますからな」

「馬車ではダメなのか？　我らの馬車を引くのは優秀な軍馬のバトルホースだぞ」

先ほど提案して却下されたのと同じことを、また繰り返すヴァンダード。

ダーヴィッドが呆れてヴァンダードを制止する。

「父上、さっきセブール殿も言っていましたが、アスラ殿なら魔物も寄ってきませんし、馬車よりも速いのですよ」

「ダーヴィッド殿下の言う通りでございます。馬車の移動では周囲に護衛が必要になりますが、アスラなら必要ありませんからな」

「そ、そうか……」

結局押し切られたヴァンダードは、仕方なくアスラに乗るのだった。

こうしてヴァンダードたちは、アスラに乗って草原地帯の視察を続ける。

次に案内されたのは、シグムンドが悪ノリして魔法で作りあげた巨大な岩山、そしてその上にそびえ立つ城だった。

まずヴァンダードが驚いたのは、綺麗に整えられた広い道だ。

草原地帯の入り口辺りから岩山の城まで続くこの道は、シグムンドが魔法で作ったものである。

草原地帯というだけあって、周辺には膝丈《ひざたけ》ほどの草が生い茂っている中、シグムンドの作った土の道には草一本生えておらず、轍《わだち》の跡もついていない。

これが完成したばかりの道なら分かるのだが、通常、そのままの状態で維持するのは難しい。

事実として、西方諸国の街道では、通行量が多い場所では轍がひどく、逆に通行量が少ない場所では雑草が生い茂るという状態になっている。

ところがシグムンドが作った道は、作られた時のままの綺麗な状態を維持し続けている様子だ。

ヴァンダードは、不思議に思って言う。

「草原地帯を走る街道なのに、ずいぶんと綺麗な状態で保っているな」

「旦那様が念入りに地面を固め、その上強力な状態保存と修復の魔法を付与していますから」

「はっ⁉」

セブールから告げられた内容は、ヴァンダードとしては到底納得できるものではなく、素《す》っ頓《とん》狂《きょう》な声を出す。

ここは魔法が存在する世界で、科学技術よりも魔法技術が発展しているので、当然土木工事にも魔法が使われることはある。

ただ使われるとしても、ごく一部に限られた話だ。この世界の魔法の主な用法といえば、魔物と戦う術《すべ》であり、戦争における武器である。

それが常識だというのに、魔法で大規模な街道工事をしたというのだ。

「ちなみに、どのくらいの期間で作ったのか、聞いていいか？」

「道自体には、一日も掛かってませんね。確か二時間ほどでしたかな」

「なっ⁉　に、二時間だと……」

魔法に高い適性のある魔族基準で考えても、相当時間が掛かりそうな作業だ。そう思っていたヴァンダードは、セブールから返ってきた答えに唖然《あぜん》とした。

しかもセブールが言うには、この道はほぼメンテナンスフリーなのだ。

「一体、どれほどの魔力を使えば……」

「陛下、今更ですよ」

いちいち驚いていてはキリがないとばかりに、イグリスが言う。

「シグムンド殿は、城塞都市や岩山の城を、魔法で作りあげたのですよ。岩山を生み出すなんて、もう神の領域です。道くらいで驚いてたら、身が持ちませんよ」

側にいたラギアも、遠い目をしながら言う。

「陛下、ここでは魔王国の常識を捨てればいいんですよ。そうすれば楽です。私は深淵の森で出会った死を覚悟させられるような魔物を、娘が瞬殺した時に諦めました」

「そうか、ラギアも通った道なのだな……」

今となっては、ラギアに深淵の森の中にあるシグムンドの屋敷へ行けなどという、ひどい命令を出したことを、申し訳なく思うヴァンダードだった。

「とはいえな……これはもう小規模ながら天地創造ではないか」

「父上。岩山を作ったというのもすごいですが、城も魔王城と違って美しいですよ」

岩山の上にそびえるこの世界にはない美しい城の姿に、ヴァンダードとダーヴィッドの魔王親子は言葉を失くす。

ちなみにシグムンド的には、記憶の中にあるいろいろな城からいいとこ取りをしただけなので、自慢できるものではないと思っていたりする。

ただその分、内装や外観の装飾には凝《こ》ったので、全体的な出来ばえには満足していた。まあいくら凝ったところで、現状、ほとんどゴーレムしかいないのだが……

それはさておき、ヴァンダードたちはしばらく、岩山の城の見事さに見とれ続けた。

城の大きさは確かに魔王城の方が大きい。大きいのだが、シグムンドの作り出した岩山の上にそびえる城と比べると、魔王城の下品さがよく分かってしまう。

建城した魔王に、文句の一つも言いたくなるヴァンダードであった。

ヴァンダードやダーヴィッドが岩山や城に圧倒されている間にも、彼らを乗せたアスラは進み、どんどんと岩山に近付いていく。

だがアスラは岩山の正面にある門へは向かわず、なぜか岩山の北側の方へ歩き始めた。

「んっ？　セブール、道を逸《そ》れたぞ」

「ご心配なく。こちらに昇降装置がございますので」

「昇降装置？」

セブールから返ってきた「昇降装置」という言葉が理解できなかったヴァンダードは、首を傾げる。

だがアスラが進んでいくうちに、すぐに昇降装置とはなんなのかという答えが分かることになった。山の岩肌に、アスラでも余裕で通れるほど巨大な扉があるのが見えたのだ。

素材はよく分からないが、鋼鉄製らしき重厚な扉。あの扉の向こうにあるのが「昇降装置」らしいと、ヴァンダードは理解する。

また、扉の前には、アイアンゴーレムが控えていた。この門番らしきゴーレムも、城塞都市の正面の門を守るゴーレムと同等の、ヴァンダードにとっては洒落《しゃれ》にならないレベルの強さだとすぐに見て取れる。それに加えて、門の開閉のためだけに設置された、ストーンゴーレムまでいた。

「ご苦労様です」

セブールがアイアンゴーレムに挨拶すると、自我を持つアイアンゴーレムがセブールへ会釈《えしゃく》を返し、扉を開けるようストーンゴーレムへと指示を出した。

ヴァンダードはもう、考えるのを放棄する。

ゴーレムに自我があるなんてありえないと思いたいのだが、ヴァンダードは高度な自我を持ち、意思疎通可能なゴーレムを今まで散々見ているのだ。

なのでこんな事態はありえないといった、常識に照らした考えを抱くことは無駄だと判断する。

こうしてヴァンダードがいろいろと考えているうちにも、アスラはどんどん進み、扉の向こうに続く部屋に入る。巨体のアスラが入っても、まだまだスペースに余裕があるほど、昇降装置の中は大きかった。

昇降装置に乗ったアスラは、壁面に取りつけられたボタンを前足で器用に押す。

この昇降装置は、標高の高い岩山の城までの移動を楽にするため、シグムンドが作ったものだ。

シグムンドやシグムンドの同行者は岩山の城まで転移してしまえばいいのだが、問題はシグムンド以外が移動する場合だ。本人に飛行能力がなかったり、移動に適した従魔《じゅうま》を持っていなかったりする場合、城に行くだけでも一苦労なのである。

眷属だけでなくゴーレムたちからも移動を楽にしたいという要望が来て、昇降装置――もとい、エレベーターを設置したというわけだ。

このエレベーターに、ヴァンダードとダーヴィッドは興味を抱く。

歴代の魔王により無秩序に増改築されて今の状態となった魔王城は、縦にも横にも大きいので、移動が大変なのだ。

「父上！　これっ、魔王城に欲しいですね」

「ああ、小型のものでいいからぜひ欲しいものだな」

そんなことを二人が話しているうちに、エレベーターはあっという間に城の一階へと到着する。

視界の中に飛び込んできた広いフロアとその内装に、ヴァンダード親子は息を飲む。

「……魔族もセンスを磨《みが》くべきですね」

「……ああ、魔王城の改装も検討するべきだな」

壁や天井の装飾から細かな部分の彫刻まで、シグムンドの城は丁寧に作られており、魔王城とは違う美がそこにはあった。それこそ魔王親子が、魔王城の下品さを恥ずかしく思うほどに美しい。

城の規模では魔王城の方がずっと大きいにもかかわらず、シグムンドの城に圧倒されているヴァンダードたちを、案内役のセブールが促す。

「さあ、ひと通り案内いたします。まあ、ここにいるのはほとんどがゴーレムたちなので、城内は少し閑散《かんさん》としていますが」

「あ、ああ……」

普通なら、他国の人間に対して、こんなに気安く城の中を案内したりはしない。

だがセブールはヴァンダードたちを案内するのに抵抗はなかった。

たとえ警備の目を潜《くぐ》り抜けて城にいるシグムンドの所まで向かう者がいたとしても、シグムンドを害することが可能な者が存在しないからだ。

ヴァンダードは歩いているうちに、広い廊下の中央に敷かれた見事なカーペットに気付く。

「これは……セブールとリーファ嬢の糸から織《お》られたものか？」

「はい。すべてではございませんが」

蜘蛛《くも》の魔族、アルケニーであるセブールとリーファは、体から糸を出すことができる。

こういった魔物系の糸から織られた敷物は魔王城にもあるが、さすがに希少種であるアルケニーが出した糸で作られたものはない。

というかそれ以前に、装飾品として使えるようなものを作るセンスを持つ魔族が少ないのだ。

そんなわけで魔王城は外観だけでなく、内装も負けないくらいダサい。

ちなみに、これはセンスだけの問題というわけでもない。

アルケニーの糸は希少なので、セブールとリーファの糸から作られたものと張り合うようなカーペットを作ろうとしたら、深淵の迷宮産か深淵の森産の繊維《せんい》が必要となる。

というわけで、とにかく魔王といえどシグムンドの城にあるようなカーペットの入手は困難なのであった。

「しかしこの城には、本当にゴーレムかオートマタしかいないのですね」

「ああ、なんともったいない」

ゴーレムやオートマタたちを見て、ダーヴィッドとヴァンダードが残念がる。そして更に進んでいくと、ヴァンダードはまたしてもこの城の異常さに気付くことになった。

尿意をもよおしたヴァンダードが、トイレに案内された時のこと。

シグムンドは自分たち用に、この城にもトイレや大浴場などの施設を作っておいてあった。またそういった施設の機能について、シグムンドは一切自重していない。

森の拠点でも使っているシグムンド作の魔導具《まどうぐ》がふんだんに組み込まれたトイレは、使用後に使用者を含めたすべてを自動で浄化するようにできていた。

「セブール！　あれはっ！」

トイレから出たヴァンダードが、大きな声を出しながらセブールに詰め寄る。

「落ち着いてください、陛下。我が主人は綺麗好きですので、旦那様が使用する可能性のある場所は、みなこのレベルのトイレが設置されているのです」

セブールに続いて、ダーヴィッドが言う。

「父上。ちなみに城塞都市にあるすべての家も、トイレは浄化装置つきですよ。お風呂にはシャワーも完備されています」

「なっ⁉」

ヴァンダードは驚きの声を上げる。

だがダーヴィッドのような、何度も城塞都市に訪れている者に驚きはなかった。

もちろん、初めて知った時には驚いたのだが、シグムンドのやることにいちいち驚いていても仕方ないと、とっくに諦めているのだ。

一人ブツブツと「なんとか購入できないか」と呟くヴァンダードをよそに、セブールは城内の案内を続ける。

そんなセブールに、ダーヴィッドが話しかける。

「しかし、セブール殿。この城にもう少し人がいれば、この一帯はもうシグムンド殿の国と言ってもいいのではないですか？」

「……そうですね。旦那様次第ですが、建国を宣言するのも可能でしょう。まあ、西方諸国連合が認めるとは思えませんが」

セブールにそう言われ、ダーヴィッドはボソッと呟く。

「いえ。たぶん、聖国以外は案外すんなりと認めると思うんですがね……」

そもそも、今回ヴァンダードが自らシグムンドと会談に赴いたのは、深淵の森を含めた草原地帯をシグムンドの国と認め、魔王国とシグムンドの国との友好的な関係を構築するという目的もあってのことだ。

加えて、魔王国から草原地帯までの間にある国の上層部は、すでにシグムンドが草原地帯に縄張りを持っていることを説明され、街道の治安向上や経済的な恩恵のために、基本的にシグムンドに協力することを誓《ちか》っている。

このためダーヴィッドが言うように、シグムンドが建国を宣言したとしても、聖国以外は簡単に認めるだろう。

「それにしてもセブール殿、城内が綺麗すぎる気がするのですが？」

「ああ。それは我が主人が状態維持の付与魔法を施《ほどこ》しているため、ほとんど汚れないのです」

「それは羨《うらや》ましい。セブール殿はご存知でしょうが、魔族はガサツで脳筋な人が多いので……」

ダーヴィッドはそう言って深くため息を吐く。

魔王城の外には状態維持の付与魔法が掛けられているのだが、城内までは行き届いていないので、魔王城の中はお世辞にも清潔とは言えない状況だ。

なお先代魔王の時代には、セブールが魔王城に勤めていたおかげでそこそこ綺麗だったのだが、今現在の状態はというと、この城とは比ぶべくもない。

「本気でシグムンド殿に、魔王城に付与魔法を掛けてくださるようお願いしたい私は、おかしな魔族でしょうか？」

ダーヴィッドもさすがに、シグムンドに付与魔法をお願いしたり、便利な魔導具を作るよう頼んだりするのは無礼《ぶれい》だと分かっているのだが、それでも諦めきれず、つい口にした。

「……殿下のお気持ちは痛いほど理解しますよ。私も口うるさく注意し続けましたから」

セブールは昔を思い出しながら、首を横に振った。

ダーヴィッドも、ああ、お祖父様は壊すことに特化した人だったよなぁ……と、城内を荒らしまわる先代魔王バールの姿を想像する。

ちなみに城塞都市の宿泊施設には、当然のように浴場まで備えつけられている。

こういった清潔な環境を体験してしまったダーヴィッドは、どうにか自分用の魔導具だけでもシグムンドに作ってもらえないかと、依頼方法について必死で思案を巡らせる。

（実は魔導具は、旦那様が余分に作ったものが結構あるんですがね。ここで言わない方がいいでしょうな）

セブールは心の中でそう思いながら、生温かい目で旧主の孫を見守るのだった。

七話　ボルクス、ニアミス？

ヴァンダードたちが、草原地帯を去ってしばらく経った頃。

城塞都市に向かって、商人たちが乗る二台の馬車が進んでいた。

最近では魔王国が主導する交易や、孤児の移送など以外でも、商人が食料や日用品を売るために草原地帯を訪れるようになっている。

現在草原地帯で魔物と遭遇する機会は少ないので、商人が好んで欲しがるような魔物の素材を交易で求めることは一見難しそうだが、実は城塞都市は今、大陸一のレア素材が集まる場所になっている。

シグムンドやリーファたちが深淵の森で狩っている魔物の素材の一部が、城塞都市に持ち込まれるからだ。

先代魔王バールですら足を踏み入れられなかった土地、深淵の森の魔物の素材となれば、商人たちが目の色を変えるのも仕方ない。

こうして魔物素材を求める商人たちを乗せ、二台の馬車は進んでいく。

そして、この馬車の護衛依頼を受けたある男も、若干の緊張を見せながら馬車に揺られていた。

◇

その日、たまたま草原地帯の西側に向け広域探知の魔法を掛けた俺——シグムンドは、まだ距離は遠いが、非常によく知る魔力を感知した。

「……まだ、だいぶ遠い位置にいるけど、ボルクスさんが商隊の護衛をしてるようだ。ここに来るみたいだな」

エルフのボルクスさんは、ルノーラさんの夫であり、ミル、ララのお父さんでもある。

今は俺の所にルノーラさんたちを預け、冒険者として出稼《でかせ》ぎ中なんだけど、こうして仕事がてら、ちょくちょく草原地帯にやって来るんだよな。

「……パーティーのメンバーは変わらずですか？」

ボルクスさんの名前を言ったら、リーファの機嫌が突然悪くなった。

「あ、ああ……パーティーメンバーはあのままみたいだな」

ボルクスさん、冒険者としてパーティーを組んでるのはいいんだが、今加入してるのが、女性ばかりのハーレムパーティーなんだよな。

ボルクスさんのハーレム状態について知っているのは、俺、セブール、リーファ、ヤタだけだ。

家庭の危機を招きたくないので、ルノーラさん、ミル、ララにはナイショにしている。

「ずいぶんと楽しんでいるようですね……」

あからさまに不機嫌な態度でリーファが言った。

「い、いや、別にそういうんじゃないと思うぞ」

なんで俺がボルクスさんを擁護《ようご》しなきゃならないんだよ。

「ご主人様」

「は、はい！」

「くれぐれもハーレムパーティーが、ルノーラさんやミルちゃんとララちゃんと「分かった。分かってるから！」……お願いしますね」

冷え冷えする空気を纏《まと》ったリーファが怖いので、途中で慌てて遮《さえぎ》ってしまった。

とにかくリーファは、ボルクスさんのパーティーと、ルノーラさん、ミル、ララが遭遇しなくて済むよう、俺に調整してほしいってことらしい。

俺の言葉を聞いて、リーファは満足そうに頷き、綺麗なポーズで一礼をしてから孤児院の方へ歩いていった。

それを見送っていたら、上空からバサバサと羽音が響いた。

見上げると俺の眷属である鴉《からす》の魔物、ヤタが降りてくるところだ。

隠密《おんみつ》行動中は羽音を立てないで飛んでるんだけど、普段は羽音だけじゃなく、お喋りもうるさい奴だ。

「マスター。リーファの姐《ねえ》さん、機嫌悪くないか？」

ヤタはとぼけた様子でそんなことを言ってきた。

「お前、分かって言ってるだろ。そりゃボルクスさんが来るからさ」

情報収集任務で頻繁に草原地帯の上空を行き来しているヤタが、ボルクスさんの来訪に気付いてないわけない。

「ああ。あのペースなら明日の午後にここに到着だな」

ヤタ。やっぱりボルクスさんが来ようとしてるのに気付いていてたんじゃないか。我が眷属ながら、いい性格してるよ。

「リーファの剣幕が怖いし、ミルとララは明日は森の拠点で遊ばせた方がいいだろうな」

「午前中だけなら、城塞都市にいたって大丈夫だぜ？」

「いや、ミルとララが城塞都市にいるポーラちゃんと遊び始めたら、午前中だけで切り上げて帰るのって無理だと思うぞ。だから、最初から森の拠点で遊ばせた方がいい」

「まあ、それもそうか」

盲目だったポーラちゃんは、俺が目を治してから、ミルとララとすごく仲良くなった。

ミルとララは他の孤児院の子供たちとも遊ぶけど、それでもポーラちゃんと一緒の時間の方が圧倒的に多い。二人を城塞都市に連れてきた途端、孤児院のポーラちゃんのもとに駆けていくくらい、仲がいいんだよな。

森の拠点じゃミルとララの周りには大人かゴーレムたちしかいないから、孤児院の子供たちには感謝しているよ。

ミルとララにとって、同世代の友達の存在はとても大切だと思う。それが得られただけでも、草原地帯に進出してよかったという気持ちになるな。

「しかしボルクスの旦那も呑気《のんき》なもんだぜ。まだルノーラの姐さんにバレてないと思ってるんだからよ」

ん？　つまり、ルノーラさんにはもうバレてたのか？　ナイショにしてたつもりだったんだが。

「そっか……でもまあ、パルがいるもんなぁ」

ミルとララに従魔のシロとクロがいるように、ルノーラさんにもパルという梟《ふくろう》の姿をした従魔がいる。

パルはグレートシャドウオウルという、隠密系の能力が高いAランクの魔物だ。戦闘はもちろん、索敵《さくてき》から諜報《ちょうほう》まで高いレベルでこなす。

つまり何が言いたいのかというと、ボルクスさんの日常なんて、パルがいればルノーラさんに筒抜けってことなんだ。

俺は気を遣って隠してるつもりだったけど、結局最初からルノーラさんにはバレバレだったってわけだな。

◇

そして翌日。俺とヤタは城塞都市の門の前に来ていた。ボルクスさんの馬車の到着を確認するためだ。

ちなみに城塞都市の東側の門を通り抜けるには、二段階のチェックをクリアする必要がある。

第一段階は、ゴーレムによる簡易的なチェック。

これは自分の所属と目的をゴーレムに告げるという、簡単なチェックだ。この段階で不備があったことはまだない。

第二段階はオートマタ二体と、魔王国から派遣されている兵士によるチェック。ここで問題がなければ門を抜けることができる。

なおこのオートマタは、それぞれゲートワン、ゲートツーという名前だ。

最近城塞都市への人の出入りが多くなってきたので、門番の仕事専用に作ったんだ。戦闘力は必要最低限にした代わりに、門番としての能力は高い。高い思考能力とコミュニケーション能力を持っているし、特別なセンサーを目に組み込んだので、危険物の持ち込みや相手の嘘を見抜くことができる。

ゲートワン、ゲートツーは、ブランやノワールほど素材にこだわる時間がなかったにもかかわらず、すでに単なるオートマタじゃなくなっている。いつものごとく早々に自我が目覚めて、もうクグノチたち並に意思疎通が可能なんだ。

あと、魔王国の兵士については、今まではいなかったんだけど、城塞都市への人の出入りが増えてから常駐するようになっている。

で、話を戻すと、とにかくボルクスさんの馬車がもうすぐ着くはずなんだよな。

「おっ、来たぞ」

俺の肩に乗っているヤタが、門を潜《くぐ》るボルクスさんの馬車を見つけたみたいだ。情報収集能力に特化しているヤタなので、発見が早い。

「なんかヤタ、嬉しそうだな」

「なんだかんだ言っても、ボルクスの旦那と一番会ってるのは俺だしな」

「それもそうか」

諜報活動のために西方諸国や草原地帯を行き来しているので、ヤタはボルクスさんと接点が多いんだよな。

「じゃあヤタ、ボルクスさんをいつもの城壁の上まで案内してくれ」

「了解だ、マスター」

俺は先に城壁の上に行き、しばらく待っていると、ヤタがボルクスさんを連れてきた。

「やあ、ボルクスさん。久しぶりですね」

「あ、ああ、シグムンド殿もお変わりなく」

「ところで、転移で深淵の森の拠点に行きませんか？　他のパーティーメンバーは置いていくのが前提だから、あまり時間は取れないかもだけど」

ちょっとキョドってるボルクスさんにそう尋ねてみた。

「えっ、と、今からですよね。ちょ、ちょっと待っててください。パーティーメンバーに事情を説明してきます」

そう言うと、ボルクスさんは走って立ち去った。

「一応ボルクスさんって、ルノーラさんやミルとララに会いたかったんだな」

「一応って言い方はひどいと思うぞ、マスター」

俺とヤタが無駄話をしていると、息を切らしながらボルクスさんが戻ってきた。

「はぁはぁ、お待たせしました。半日ほど自由時間にすると伝えてきました」

「おっ、それなら少しはゆっくりできるな。じゃあ、行くか。ヤタはどうする？」

「俺もマスターと一緒に行こうかな」

「了解」

俺は、ボルクスさんとヤタと一緒に、その場から転移した。

一瞬で周りの風景が変わり、深淵の森に到着。感じる魔力が濃密なものになる。

「あ、相変わらず濃い魔力ですね。瘴気《しょうき》があれば、すぐにでも魔物が湧きそうなくらいに……」

ボルクスさんは、久しぶりに深淵の森の魔力に晒《さら》され、少々頬を引きつらせている。

「瘴気は地下を含めて念入りに浄化してあるから、魔物が突発的に湧く心配はないですよ」

魔物ってのは不思議なもので、いろいろな方法で湧いてくるんだよな。

濃い魔力溜まりから自然発生することもあれば、同種同士で繁殖《はんしょく》もするし、ダンジョンから溢れた魔物が、ダンジョンの支配から解き放たれてダンジョン外で生活し始める場合もある。

「いや瘴気とか以前に、マスターの魔力が染みついたこの土地に、眷属以外の魔物が近寄るわけないぜ」

まあでも、ヤタの言う通りだな。この土地は俺の魔力のおかげで魔物は発生せず、周辺の魔物も近寄らないんだ。だからボルクスさんが怯える必要なんてないんだよなぁ。

そんなことを考えていると、屋敷の方から可愛い声が聞こえてくる。

「あっ！　帰ってきた！」

「おかえりなさい！」

俺たちを見つけたミルとララが、そう言いながらこっちに走り寄ってくる。

ミルとララに向かい、手を広げるボルクスさん。

「ミルーラ！　ララーナ！」

ミルたち二人は、ジャンプして抱きつく。

だけど……イヤイヤ、ミル、ララ。二人とも相手を間違ってるぞ。

そう、ミルとララが抱きついた相手は、ボルクスさんじゃなく俺だったんだ。

自分の隣に視線を向けると、ボルクスさんは手を広げたままの姿勢で固まっちゃっている。

「…………」

無言でボルクスさんがこっちを睨《にら》んできた。

いや、俺は悪くないですって。

まあ俺が逆の立場なら、ショックで膝から崩れ落ちそうな事態ではあるが……

「あれ？　お父さんがいる」

「ほんとうだ。お父さんだ」

そうこうしてるうちに、ミルとララがようやくボルクスさんに気付いた。

「ミルーラ！　ララーナ！　お父さんだよ！」

「「おかえりなさい」」

今度は別に抱きつきもせず、淡白な感じで言うミルとララ。

いや、わざとなのか？

父親と娘たちとの間で、温度差がひどすぎる。もうちょっと優しくしてあげてもいいんじゃないかな。

まあでも、仕方ない部分はある。

ボルクスさんは西方諸国へ出稼ぎに行っている最中だし、一人前になるまで家族には会わないと宣言していたからな。

だからミルとララがボルクスさんに再会したのは、ボルクスさんがこの拠点を出て初めてなんだ。

その間に、ミルとララがずっと一緒にいる俺の方に懐《なつ》いてしまうも当然だろう。

まあ俺はボルクスさんには、たまには戻ってきてミルとララに顔を見せてあげてほしいとお願いしていたんだけどさ。

でもいや、分かる。分かるよ。ボルクスさんの帰ってこられなかった事情も。意図せずとはいえハーレムパーティーを組んでいる状況では、娘たちに会いづらいよな……

そんなことを考えていたら、ボルクスさんがミルとララの気を引きたいのか、慌てて持っていた鞄《かばん》の中をゴソゴソし始める。

「ミル、ララ、お土産《みやげ》をだなっ……」

「「?」」

でもボルクスさんは言いかけた言葉を途切れさせた。

ミルとララはキョトンとして首を傾げている。

まぁ、ボルクスさんが固まるのも仕方ないよな。

実は俺たちのすぐ近くに、いつの間にかルノーラさんがいたんだ。

ルノーラさん、気配を消すのうまくなったよな。俺の眷属になってから、よくリーファ、クグノチたちと一緒に、危険な深淵の森を歩く訓練をしているからかな?

ギギギギッと音がしそうなぎこちなさで首を動かし、ルノーラさんの方を見てダラダラと冷や汗をかくボルクスさん。

イヤイヤ、その反応は、後ろめたいことのある人のだから。本当に意図せずハーレムパーティーになってしまっただけなら、堂々としとけばいいのに。

「お土産があるのでしょう?」

とても冷たい笑顔のルノーラさんが、ボルクスさんに話しかけた。

「お、おおっ、そうだった」

「お屋敷のリビングで、お茶でも飲みながら話しましょう」

ルノーラさんが大人な対応をしてくれてよかったよ。俺としても修羅場《しゅらば》は勘弁だし、ミルとララの前で夫婦喧嘩はよくないだろうからな。

ひとまず、まだ抱きついたままのミルとララを抱え直し、深淵の森の拠点に築いた屋敷へ向かう。

はあ。ボルクスさんが定期的に、草原地帯へ来てくれたらいいんだがなぁ。

そしたらボルクスさんをさしおいて、俺がミルとララに懐かれてしまってる状態も、解消できそうなのに。


そして、俺とボルクスさん一家が、リビングでお茶会を始めてから数時間後。

ボルクスさんとルノーラさん、ミル、ララは、久しぶりの家族の時間を楽しめたみたいだった。

お茶会の間、若干ボルクスさんの顔が引きつり気味だったのに加え、ルノーラさんも表情が怖かったと感じたのは、たぶん俺の気のせいに違いない。

ミルとララは、ボルクスさんからのお土産を一応喜んでいた。

一応っていうのが、なんとも悲しいけど……

ただ、それは仕方ないんだよな。この深淵の森で手に入らないものって割と少ないんだ。

西方諸国よりもずっと美味《おい》しい食べ物があるし、普通では手に入らないような洋服を普段使いしている。オモチャにしても、日本の知識のある俺が作ったものだから、西方諸国のどこを探してもないだろう。

まあ、そんな事情で何をあげようが、喜んでもらえるかは微妙な状況だが、とはいえボルクスさんは、ヤタからアドバイスをもらって、アクセサリーを中心にいろいろと買ってきていたようだ。

なので、父親としての威厳はギリギリ保てたかな？　なんて思っていたんだが……

その後ボルクスさんは、拠点から城塞都市へ転移で戻る際に、あっさりとミルとララから「バイバーイ！」と笑顔で手を振られ、複雑な顔をしていた。

やっぱ父親としての威厳、保ててなさそうだ。

八話　在野の吸血鬼

街灯が存在しないこの世界の夜は、基本的に暗い。暗くなれば人族をはじめとした大半の生物が活動しなくなる。

しかしこの世界には、夜の闇に生きる者たちもいる。

他の魔族と馴れ合うことを望まず、闇に生きる存在。高い身体能力と不死性を持つ彼らは、吸血鬼、またはバンパイアと呼ばれている。

魔王国で暮らす吸血鬼は、無闇に他者を襲って血を求めることはせず、他の魔族と共存しているが、どの種族にも落伍《らくご》する者たちは存在する。

西方諸国に隠れ住んでいるのは、そんな堕落《だらく》した吸血鬼たちだった。

ところで吸血鬼という種族には、明確な格付けが存在する。

最上位は、伝説の存在であるとされるバンパイアロード。弱点である日光を完全に克服《こくふく》し、高い不死性を持つ吸血鬼の王だ。

その次に位置するのが、日光を遮ることで、ある程度日中の行動が可能な貴種《きしゅ》吸血鬼たちだ。

貴種吸血鬼の中には、男爵《バロン》、伯爵《カウント》、公爵《デューク》と格がある。

そして現在、世界の闇を支配する存在が、公爵級吸血鬼《バンパイアデューク》のドロスだった。

◇

とある城の、薄暗い地下室。

ドロスはそこで豪華な椅子に深く腰かけ、グラスを満たす赤い液体——人間の血を飲みながら、部下の報告を聞いている。

この血は、攫《さら》ってきた人間から採《と》ったものである。

ドロスたちの組織は反社会的な組織であり、血を欲して人を攫い、食料として飼っているのだ。

血液採取用の人間を確保するため、他国に赴いては、人間を攫うという行為を繰り返しているドロスたち。

しかし今回は、餌《えさ》となる人間集めがうまくいかなかった。

部下の吸血鬼が、その理由についてドロスに説明している最中だ。

誰も支配することのできなかった草原地帯に、今までにない動きがある。どうやら誰かが草原地帯を領地としたようなのだが、詳細はいまだにはっきりしていない——こういった報告を受けて、ドロスが部下に言う。

「なら、眷属をさし向けて調査すればいいではないか」

「い、いえ、それが……」

当然のことを指摘しているだけなのに部下が口ごもり、ドロスは苛《いら》ついた様子を見せた。

ドロスの怒りを感じた部下は、慌ててつけ加える。

「いえ、それが実は、何度も眷属を派遣したのですが、草原地帯に入った瞬間に交信ができなくなるのです」

ここで言う眷属とは、魔物を従属させた存在である従魔のことで、吸血鬼たちは蝙蝠《こうもり》や狼《おおかみ》の魔物を使役《しえき》していることが多い。

ところがその従魔たちは、草原地帯に入った途端、行方不明となっていた。

「……それで、何か手は打ったのか？」

「私の部下のサッチを向かわせました」

サッチは厳重に日光を避《さ》ければ、朝夕などの時間帯に活動できる男爵級吸血鬼《バンパイアバロン》だ。ドロスの部下の中でも、幹部のような存在の貴種吸血鬼である。

ちなみに吸血鬼という種族は、初めてこの世界に誕生した吸血鬼である「始祖《しそ》の吸血鬼」の血の眷属たちだ。はじめはすべての吸血鬼が、この始祖の吸血鬼の血の眷属だったのだが、彼が姿を消した今は、それぞれの吸血鬼が血の眷属を作ることで種族を増やしていた。

ドロスたちも同じように、人間を血の眷属にして仲間を増やしている。

しかし血の眷属が進化し、貴種吸血鬼となるには、長い長い年月が必要になる。

そんな希少な存在である貴種吸血鬼がわざわざ調査に向かうというのは、実は異常事態だ。

「ですがサッチも同じく、草原地帯に入った途端に交信できなくなり……おそらく草原地帯の主《ぬし》に殺害されたのではないでしょうか」

部下の言葉を聞き、ドロスはギョッとする。

「……まさか。我らは吸血鬼であるぞ」

低位である男爵級であっても、貴種吸血鬼は身体能力が高く、死にづらい。それが殺されたかもしれないなどと言われても、ドロスは信じられない。

ドロスたち貴種吸血鬼は、不死性——死にづらいという特性を備えている。

四肢《しし》を失っても時間を掛ければ再生するし、切り落とされた部位を体にくっつけておけばもとに戻るといった、他の種族からすれば驚くような特性があるのだ。

しかしそれでも、完全に不死というわけでない。

火魔法や光魔法に弱く、それらに身を晒せば灰になって死んでしまう。灰になってしまえば、その状態から復活することもできないのだ。

だが、それにしても、貴種吸血鬼を殺すような存在がいると、ドロスは簡単に納得することができなかった。なので、貴種吸血鬼のサッチがおそらく討伐されたであろうという情報を飲み込むのに多少の時間を要した。

ドロスが落ち着くのを待ち、部下は引き続き、草原地帯の情報を報告していく。

眷属やサッチを失ってしまったことは痛い。だがドロスの部下は、魔族の噂《うわさ》から、草原地帯の情報を少し入手していた。

その情報をもとに、部下から古竜のことを告げられて、ドロスは叫ぶ。

「なにっ、草原地帯に竜が居着いているのか!?」

「はっ、黄金竜と呼ばれる古竜がいるようです」

部下の言葉を聞き、ドロスの表情が喜色に染まる。

「古竜の血があれば、我は至高の存在へと至れる」

そう言いながら、恍惚《こうこつ》とした表情を浮かべるドロス。

古来より吸血鬼の間には、竜の血を飲めばバンパイアロードへと至れるという伝承があるのだ。

しかし、この伝承は実はデマだった。バンパイアロードに憧れる者たちの願望が、伝承へ変化したものにすぎない。

とはいえ、完全にデタラメというわけでもない。

古竜に血を流させることができほどの貴種吸血鬼であれば、バンパイアロードへ進化する可能性もゼロではないからだ。

かといってドロスたちにその実力があるかというと、実際は束《たば》になっても敵わないのだが……

しかし、古竜の血で頭がいっぱいになっているドロスは、そんなことは気にも止めない。

ドロスは吸血鬼は至高の種族であるという、驕《おご》った思い込みを長年持ち続けてきた。

このため、サッチが討伐されたらしいという情報を聞いていてなお、古竜の血を手に入れられると信じ込んでしまっている。

「伯爵級を草原地帯に派遣せよ」

ドロスは部下の吸血鬼に、そう命令を下した。

「はっ、すぐに向かわせます」

跪いていた部下がそう答えると、だんだんと体の輪郭が滲《にじ》んでいき、黒い霧《きり》に変身した。

そして霧となったまま、部下はドロスの前から姿を消す。

ところでこの吸血鬼の特殊能力である霧化には、たくさんの欠点がある。

魔力感知に優れたものにはバレてしまうし、霧化していても魔法への耐性はない。加えて、移動速度がとても遅い。なのになぜドロスたちが霧になるのかといえば、その方がかっこいいと思っているからだ。

それはさておき、とにかくドロスの部下たちは、シグムンドのいる草原地帯へと赴くことになった。

闇の住人である自分たちが、本当の恐怖を知ることになるとは知らずに……

◇

外套《がいとう》のフードを目深《まぶか》くかぶり、全身を日光から遮った男たちが三人、窓を締めきった馬車で草原地帯へ向かっている。

彼らはドロスの部下の貴種吸血鬼たちである。

「クソッ、なぜ我らが草原地帯へ……」

リーダー格の男、伯爵級のペドロは愚痴《ぐち》が止まらない。

「ところでペドロ様。なぜ現地での食料調達が禁じられているのですか？」

男爵級のヒッチがペドロに問いかけた。

「ドロス様からの命令は絶対だ。我らがいちいち理由を考える必要はない」

ペドロに続いて、もう一人の男爵級吸血鬼のバンチが、ヒッチに言う。

「ヒッチ、今回は余分に血を持ってきてあるから心配するな。新鮮な血は魅力的だが、ドロス様にはドロス様のお考えがあるんだろう」

今回はこの三人の吸血鬼たちが草原地帯に向かっていた。

ちなみに馬車の馭者《ぎょしゃ》は普通の人間で、幻術《げんじゅつ》で操って従わせている。

話は変わるが、ドロスの組織にはこの馭者のような吸血鬼以外の者も多い。

吸血鬼の食料である血液を搾取《さくしゅ》するため、家畜《かちく》として飼われている人間たちが大半だが、馭者の男のように、吸血鬼の手足となって昼間に働く人間もいる。

ドロスをはじめとする吸血鬼たちは不死性が高くはあるものの、シグムンドのように完全な不死に近い存在ではない。弱点が多く、特に日光の下で活動が難しいので、幻術を使って人間を使役することは必須なのである。

「しかし、サッチが殺《や》られるとはな……」

馬車に揺られながら、ペドロが呟く。サッチが討伐されたらしいとの話に、ペドロは嫌な予感が拭えなかった。

「でも今回は三人ですからね。しかも男爵級である私とバンチ、そして伯爵級であるペドロ様がいるのですし、めったなことは起こらないでしょう」

「そうですよ」

ペドロの心配をよそに、ヒッチとバンチが楽観的なことを言った。

吸血鬼は魔族の中でも身体能力が高く、再生能力がある。しかも貴種吸血鬼の幹部級が三人いるのだから、楽観的になってしまうのも通常であれば仕方ない。

ただ、今回の事態はいつもと違う。草原地帯には、シグムンドがいるからだ。

見覚えのない馬車が城塞都市に近付けば、遅かれ早かれシグムンドの監視網にひっかかり、サッチと同じような運命を辿《たど》ることは明らかだった。

加えて、吸血鬼たちにとって不幸なことに、今日はあまりにもタイミングが悪い。

ペドロたちを乗せた馬車がもうすぐ城塞都市に着くというところで、ちょうど深淵の森の拠点から転移してきたシグムンドに即座に感知されてしまったのである。

ちなみに、サッチを殺したのはシグムンドだ。だが彼にとっては、羽虫をプチッと潰した程度の感覚だったので、その件については何も覚えていない。

◇

俺――シグムンドは探知魔法で、妙な気配を捕捉した。

「んっ？　変わった魔力パターンだな」

「……ご主人様、お祖父様を呼んでもよろしいでしょうか？」

すぐにリーファも妙な気配を探知したみたいで、そう尋ねてきた。

「ん、ああ。急ぐなら俺がセブールを転移で連れてくるよ」

草原地帯と深淵の森の拠点は、俺たちにとっては一瞬の距離だが、急ぐなら転移で連れてきた方が早いんだ。

というわけで俺は、リーファが念話でセブールに話しかけて事情を説明している間に、森の拠点へ転移した。

「これは旦那様。わざわざ迎えに来ていただき、ありがとうございます」

「まあ、転移の方が早いからな」

セブールとそんな会話を交わしつつ、再び転移して、城塞都市まで戻る。

「ほぉ。この気配、おそらくは吸血鬼の類《たぐい》でしょうな」

セブールはすぐに周囲を探り、この城塞都市にやって来る妙な気配に気付いた様子だ。

「へぇ、吸血鬼か。セブールたち眷属以外で会うのは初めてだな」

俺が血の眷属にすると、もとの種族に吸血鬼の属性が追加される。だけどそういえば、眷属以外の吸血鬼って見たことがないんだよな。

魔王国の町へ行った経験もあるけど、魔族ってものすごく種族が多いから、吸血鬼以外にもまだ会ってない種族がたくさんいるんだろうな。

それはさておき、こっちに向かってる奴らに話を戻そう。

妙なことをしでかす気なら、対応しないとだ。

そう考えてたら、セブールが言ってくる。

「旦那様。おそらく奴らは、威力偵察に来たのでしょうな」

「えっと、なんで？　そもそも、馭者を入れても四人って、威力偵察には少なくないか？」

「奴らは、馭者以外は貴種吸血鬼です。しかも一人は伯爵級だと思われます。魔王国で討伐するとなれば、中隊規模を集めねばならないような相手ですぞ」

「へぇ。そうなのか」

魔王国では貴種吸血鬼って、それなりに脅威らしいな。

でも俺から見ると、雑魚《ざこ》っぽいとしか感じられないんだけど。

俺が首を捻《ひね》っていたら、リーファとセブールに笑われた。

「ご主人様からすれば、公爵級吸血鬼であろうが、人族の赤子であろうが、変わらないのでしょうね」

「そうですな」

よく分からないけど、俺が感じた通り、雑魚って認識でいいのか？

「雑魚なら放っておいてもよくないか？」

そう尋ねたら、セブールは首を横に振る。

「奴らは気配からして、魔王国で平和的に暮らしている吸血鬼ではありません。魔族や獣人族、そして人族を食事と考えているような輩です。特に人族の子供たちを好んで攫い、食料としていると聞きます」

「なら潰すか」

自分が同じ吸血鬼なのも忘れて、思わず苛ついて口走ってしまった。

「お待ちください、旦那様。周囲に害をなす屑《くず》どもなのは間違いないでしょうが、背後関係を探っておいた方がよいでしょう」

「……そうだな。すまん。イラッとしてしまった」

別に俺は、顔も知らない人間がどうなろうか、基本的にはどうでもいい。

だけど、子供を襲うっていうなら、話は別だ。

城塞都市には孤児院があるし、孤児院の子供たちは、もう顔も知らない存在じゃないからな。

そんな守るべき子供たちを、食料扱いだと……

そう思ったら、ついイラッとしてしまったんだ。

「背後を探るなら、一人残しておけば大丈夫か」

「そうですね。伯爵級の吸血鬼を一人残せば大丈夫でしょう。あの中ではリーダー格でしょうから」

セブールにそう言われ、馭者の人間以外の三人をひとまず捕縛《ほばく》し、伯爵級の奴だけを残して始末することに決める。

「旦那様。ここは私とリーファにお任せください。旦那様ではうっかり殺してしまう危険がありますからな」

「えっ？　いや、吸血鬼なんだろ。簡単には死なないんじゃないのか？」

俺、セブール、リーファは、手足を切られようが、心臓を潰されようが、瞬時に高速再生する。

俺に至っては上半身を消し飛ばされても、再生するのは一瞬だ。

今じゃ古竜でもなければ、俺に傷をつけるなんて無理だろうな。いや、古竜でも頑張ってかすり傷くらいか。

だから他の吸血鬼の強さも、みんな俺と同じくらいなのかと思ってた。

「我ら以外の吸血鬼は、意外と簡単に死ぬのですぞ」

「お祖父様の言う通りです。ご主人様」

俺が首を捻っていると、セブールとリーファがそう説明してくれた。

「そ、そうなのか？」

「はい、旦那様。確かに普通の魔族に比べれば、身体能力は多少高いでしょうが、旦那様や我ら眷属と比較してしまうと、飛び抜けているとまでは言えません」

「そうですね。眷属であれば、ルノーラさんと同レベルくらいの強さでしょう」

そう言われてもな。そのルノーラさんとそう変わらないレベルっていうのが、どの程度なのかいまいちピンと来ない。

というか、ルノーラさんが雑魚の吸血鬼と同レベルって言ってるようで、それはそれでどうかと思う。

でもまあルノーラさんは、もとはただのエルフの女性だったわけだし、普通の魔族より身体能力の高い存在である吸血鬼と同レベルってのは、すごいことなのか？

俺の周囲はインフレが激しすぎて、もうよく分からなくなってきたな。

「えっと、でだな。そうは言っても、吸血鬼なら不死性は高いんだろう？」

混乱してきたので、改めてセブールに質問した。

セブールは呆れつつも、説明を続けていく。

「いえ、先ほどから申し上げていますが、我ら以外の吸血鬼は意外と簡単に死にます。頭を潰しても、血を失いすぎても、心臓を潰しても死にますな」

「俺みたいに、灰になっても復活するんじゃないのか？」

「それは旦那様のような至高の存在でなければ無理な話です。お伽話や神話にしか存在しない伝説として語られるバンパイアロードであっても、心臓に杭《くい》を打たれ、聖水で浄化されれば消滅する存在であったと聞きます」

ふーん、じゃあ、吸血鬼でも俺と近い種族だと思っちゃダメってことだな。

ちなみにセブールの言ったバンパイアロードという種族が、この世界で最強の吸血鬼とされている存在だ。

俺はそのバンパイアロードの中から発生した最上位特異種族、エレボロスロードに進化している。ゴースト系の最上位特異種、スケルトン系の最上位特異種、そして吸血鬼系の最上位特異種を経て進化を重ねたのが俺なんだ。

すべてアンデッド系の魔物という括《くく》りであるとはいえ、こんな種族を跨《また》いでの進化など異例中の異例に違いない。

だから俺は、実はこの世界の吸血鬼とは結構違うのかもしれないな。

最初はゴーストという魔物だった俺だけど、実はそもそも、普通のゴーストだったかも怪しいみたいだし。セブールに言わせれば、アンデッド系最下級の魔物であるゴーストは、思考能力なんて持ち合わせていないらしいからな。

さてと、吸血鬼の捕縛に話を戻そう。

「まあいいや、とにかく捕まえるか」

「そうですな。その後は私とリーファにお任せを」

セブールとそんな会話をしつつ、リーファも連れて、三人で吸血鬼たちの馬車の側に転移する。

俺は念のため先に馬車を転移させて、逃げられないような場所に飛ばすことに決めた。

◇

「うわっあぁっ!?」

突然目の前の風景が変わり、吸血鬼たちの乗る馬車の馭者が悲鳴を上げた。

シグムンドの転移魔法で吸血鬼たちの馬車は、一瞬で別の場所に移動する。

馬車は先ほどまで、この世界基準ではありえないほど整備された城塞都市付近の街道にいた。

転移した馬車は、代わりに草原地帯の草むらに着地し、馬車の車体が車輪を取られて大きく揺れる。

突然異変が起きたことに気付き、ペドロが仲間に声を掛ける。

「ヒッチ！　バンチ！」

「「ハッ！」」

三人は全員同時に、日光を遮るフード付きの外套を深く被り、馬車の外へ飛び出す。

三人が飛び出したのと、シグムンドの闇魔法「影檻《かげおり》」が発動したのは同時だった。

シグムンドの影が一瞬で広がって馬車の周りを囲み、外界と隔絶した檻を作り出した。

この影の檻の中からは、たとえ空間魔法使いだとしても転移できない。

「なっ!?」

「囚《とら》われただとっ！」

「ペドロ様っ！」

影檻が作り出した真っ黒な空間を目にしてそんなことを言いながら、周囲を警戒する三人。

すると三人の前に、突如シグムンド、セブール、リーファが現れた。

「ヒッチ！　バンチ！　排除しろ！」

ペドロはすかさずそう指示する。

「は、クッ、う、動けません」

「か、体がっ……」

なんと、ヒッチとバンチは、ピクリとも動けなくなっていた。

「なっ⁉　いや、ま、まさか……グッ……」

驚くペドロだったが、すぐに自分の体も指一本動かせないと気付いた。

身動きできないうちに近寄ってきたセブールの姿を見て、ペドロたちは思わず息を飲む。

「ほぉ、私を知っているようですね」

そんな三人の反応に、ニヤリと笑うセブール。

「お、お前は、先代魔王の側近！　セブールッ！」

闇に生きる吸血鬼の中でも、先代魔王バールの存在は恐れられていた。その側近として名高かったセブールも、ペドロたちにとっては恐怖の対象である。

「な、なぜお前がっ！」

そう言って怯えながら拘束《こうそく》から抜け出そうとするペドロたちだったが、影檻に捕縛されているため、ピクリとも動けない。

吸血鬼としての身体能力に絶対の自信を持っていたペドロたち。しかし何もできず、焦《あせ》りは大きくなるばかりだ。

逃れようと試みるが、霧になることも、蝙蝠に変化することもできない。

「ふむ。やはり西方諸国を寝ぐらにする落伍者のバンパイアどもですか。草原地帯に目をつけたのは失敗でしたな」

もがくペドロたちを眺めながら、セブールがそう呟いた。

魔法を発動することすらできないペドロたちは、セブールを目前にして、吸血鬼となって初めて感じるレベルの深い絶望に襲われる。

ちなみにペドロたちの動きを阻害《そがい》しているのも、魔法や変身能力を封じているのも、シグムンドの影檻だが、シグムンド的に影檻は格下専用の捕縛魔法だ。

相手の戦闘能力をまとめて封じられる便利な魔法ではあるのだが、相手が己より格下でないと通用しないのである。

とはいえこの世界で、シグムンドより格上の存在は今のところいないのだが……

「さて、すべて話していただきましょうか」

「クッ！」

近付いてくるセブールに、ペドロは今まで味わったことのない恐怖を感じた。自分の主人である公爵級吸血鬼のドロスに感じる恐ろしさを、はるかに上回る感覚がペドロを襲う。

貴種吸血鬼の持つ不死性など、セブールの前ではなんの役に立たないということを、否《いや》が応《おう》にも理解せざるをえなかった。

セブールが一歩一歩、ゆっくりとペドロに近付いてくる。

ペドロはその足音が死神のもののように感じられて更に恐怖する。だが悲鳴を上げたくとも、すでにそれすらできない状態だった。

◇

「この者たちは、ずいぶんと昔に魔王国から西方諸国へ進出した貴種吸血鬼たちだったようですな。親玉の公爵級吸血鬼が黄金竜殿の血を狙っており、入手のためにこの地に来たとのことです」

俺――シグムンドに、セブールがそう報告した。

セブールの尋問により、襲ってきた吸血鬼たちの事情は、ほぼ判明したみたいだ。

尋問？　が激しすぎて、途中で伯爵級以外の吸血鬼は死んでしまっているが……

「しかし、オオ爺サマの血ねぇ。それを欲しがっている公爵級吸血鬼って強いのか？」

「いいえ。何度も申し上げていますが、旦那様から見れば他の吸血鬼など取るに足りない存在ですからな。今殺した吸血鬼と公爵級を比べても、旦那様にしてみればほとんど差を感じられないでしょう」

「へー、それでよく古竜の血なんて求めたな」

「で、ございますな」

俺とセブールがそんな会話を交わしていると、リーファが聞いてくる。

「それで、これ、どうします？」

リーファがゴミを見るような表情で指さしているのは、足元に転がる伯爵級吸血鬼だ。

貴種吸血鬼は階級が上がるほど不死性が高いと聞いたので、試しにセブールに言って、腕を切り離したんだが、すぐに生えてくるってわけじゃないみたいだな。

ちなみに左腕で試したんだけど、切ってすぐにくっつけたら元通りになったから、再生能力があるのは間違いない。

しかしセブールたちの言うように、吸血鬼とエレボロスって、本当に似て非なる存在みたいだな。

エレボロスは自身の血の眷属も含めて、吸血鬼の種族が持つ弱点が存在しない。

一方でただの吸血鬼は、光属性の魔法、聖水、日光、銀の武器などに弱く、俺たちのような不死性もない。だから、とてもじゃないが近似種だとは言えないだろう。

さて、もうこいつの魔力は覚えたから、次の行動に出るか。

「とりあえず、こいつをメッセンジャーとしてアジトへ返そう。警告の意味を込めて」

それでもし、また何か仕掛けてきたら、親玉を潰せばいい話だしな。

そう考えて言うと、セブールも同調してくれた。

「そうですな」

「じゃあ、馭者に暗示をかけて、サッサと返すか」

「では、幻術はお任せください」

「では、これは馬車に放り込んでおきますね」

俺の言葉の後、セブールとリーファがテキパキと動いて、貴種吸血鬼たちの後片付けを始めた。

リーファは伯爵級吸血鬼を、ゴミを持つようにして摘《つま》むと、馬車へ放り込む。

セブールはぼうっと座っている馭者に、このまま西方諸国へ戻るよう暗示を掛けた。ちなみに馭者と馬は、影檻を発動した後で闇属性の魔法で催眠《さいみん》状態にしてあったので、今までおとなしくしていたんだ。

よし、あとは街道に戻せばＯＫだろう。

しかし、帰ってきた馬車を見て簡単に諦めてくれるかな。聖国みたいに、しつこく草原地帯を狙ってこないといいんだが。

いちいち相手するのも面倒だからさ。

いっそ貴種吸血鬼たちの対応は、魔王に丸投げしようかな。いや、魔王国に生息しているならともかく、西方諸国に潜《ひそ》んでる奴らの対応を丸投げされても困るか。

シグムンドたちから解放されたペドロは、西方諸国にあるアジトへと急いていた。

部下のヒッチ、バンチはもういない。

その身はセブールによって、塵《ちり》すら残さず浄化され、消滅してしまったのだ。

今のペドロには、恐怖心しか存在しない。

以前のペドロからすれば、公爵級吸血鬼のドロスは神のごとき存在であり、一番恐れている相手だった。

だが先ほど、そのドロスでさえ塵芥《ちりあくた》にすぎないと感じさせられるほどの存在を目の当たりにしてしまったのだ。恐怖のあまり、精神が崩壊してもおかしくない状態だった。

馬車の馬を何度か交換し、西方諸国の中でも西側にあるドロスの拠点にペドロがたどり着いたのは、草原地帯から一目散に逃げ出してから一ヶ月後のことだった。

ちなみにシグムンドの馬車を使い、軍馬を使っている魔王国であれば、大陸の縦断に一週間ほどしか掛からない。しかし夜しか移動できず、普通の馬車と馬を使っているペドロであれば、大陸の横断にこのくらい移動に時間を要するのである。

とはいえペドロが早く移動しようと思えば、蝙蝠に変身すれば、もっと短い期間で帰ることもできた。ただ、この時のペドロには、そのことを考える余裕もないほどに追い込まれていたのだ。

◇

ペドロが草原地帯から遁走《とんそう》している頃、ドロスは自分の居城で苛ついていた。

ペドロの帰りがあまりにも遅かったためだ。

大陸の東側の草原地帯は、吸血鬼であってもそう簡単には着けない場所だ。しかし、さすがにもう到着しているであろう時期になっても、一度も連絡が来ていない。

伯爵級吸血鬼が一人、その部下に男爵級吸血鬼が二人という編制で向かわせたので、ドロスはまさか、彼らのうち二人が無惨《むざん》に駆除されているとは思いもしなかった。

こうしてイライラしているドロスの前に、ようやくアジトへ逃げ帰ってきたペドロが報告に現れる。

だが、ペドロの報告を聞いても、ドロスは素直に認められなかった。

「貴様！　私を馬鹿にしているのかぁ！」

ドロスに怒鳴られ、ペドロは慌てながらも報告を続ける。

「ヒィッ！　い、いえっ、滅相《めっそう》もない。ですが、男爵級とはいえ、貴種吸血鬼である部下の二人が、何もできずに消されたのは事実です。私もメッセンジャーとしての役割がなければ、同じ運命を辿っていたでしょう」

「むぅ……」

必死に訴えるペドロの様子を見て、ドロスも少し冷静になる。

「詳しく報告せよ。すべて包み隠さずにだ」

「は、はい」

ペドロは自分の身に起こった出来事を、ドロスに説明していく。

城塞都市のすぐ側までたどり着いた後、急に馬車が別の場所に転移させられたこと。その後すぐに、伯爵級吸血鬼として長く生きているペドロが初めて見る、闇属性らしき結界《けっかい》魔法で閉じ込められたこと。更に馬車から飛び出した瞬間捕縛され、部下の二人は抵抗もできないまま滅せられたこと。

加えて部下たちを滅した相手は、魔王国では有名な先代魔王の側近セブールであり、その孫娘も一緒にいたこと。そして、そのセブールと孫娘が主人と仰《あお》いでいた存在については、自分では測り知れないほどの強大さを窺《うかが》わせていたこと。

これらの報告を聞き、ドロスは顔を顰《しか》めて黙り込む。

「…………」

「闇属性らしき結界を詠唱《えいしょう》破棄で瞬時に構築したのは奴らの主人です。ところがおそらくその眷属であろうセブールは、ヒッチとバンチを消し去る際、光属性の浄化の力を使っていました」

セブールの名を聞き、更に顔を顰めるドロス。

それも仕方ない。セブールの名は、あの暴虐非道《ぼうぎゃくひどう》の限りを尽くした先代魔王バールの側近として、闇に生きる者たちにとって畏怖《いふ》の対象なのである。

バールが死んだ現在、セブールは深淵の森外縁部に隠居《いんきょ》しているという噂だ。しかし外縁部とはいえ、深淵の森などという危険な場所に住むなど、正気を疑うレベルだ。

この行為一つとっても、セブールが尋常でない実力者なのは間違いなかった。

しかしそんなセブールより更に強い主人がいるらしいと聞き、ドロスは信じられない気持ちで尋ねる。

「それでは何か？　その主人というのは、闇属性と光属性、相反する属性の持ち主だとでも言うのか？」

ドロスはペドロの報告について半信半疑だったが、あのセブールが主人と認めた男であれば、報告が誇張であったとしても、侮《あなど》るわけにはいかないと考える。

「はい。繰り返しになりますが、その眷属であろうセブールが、光属性の魔法を使っていましたから」

「いや、しかし確か、セブールのジジイはアルケニー系の魔族だったはずだ。それは無理だろう」

「いえ、事実です。光属性の魔法を使ったことから見ても、とてもじゃないですが、ただのアルケニーだとは感じられませんでした。あれはもっと強大な何かです」

ペドロの話が本当であるのなら、セブールは種族を超越するという、信じられない進化を遂《と》げている可能性があると、ドロスは考えた。

だがドロスは、そんなペドロの報告を聞いてなお、古竜の血を諦める気はなかった。

「ふむ。では一度、人間の組織に調査させるか……」

日光を弱点とする吸血鬼が、自ら草原地帯を調査するのは望ましくない。そこで、協力関係にある人間の犯罪組織に調査を依頼しようとドロスは決める。

「城塞都市には魔王国の奴らも出入りしているそうだから、そう目立ちはしないだろう。我らが直接調査するよりもいいかもしれん」

「そ、そうですね」

自分が行かなくてもいいと分かり、ホッとするペドロ。

「とはいえ、戦力を召集しておくか。伯爵級を隊長とした男爵級以上の部隊を作り、いつでも襲撃できるようにしておけ」

急にドロスからそう言われ、セブールに脅されていたペドロは戦慄《せんりつ》する。

「で、ですが、私は奴らから警告を受けたのです。『次はない』とドロス様に伝えておくように……」

しかし、そんなペドロの言葉は、ドロスに一蹴されてしまう。

「誰に口ごたえしている!?　死にたくなかったら、すぐに言われた通りにしろっ！」

「ヒッ、ヒィ！」

ドロスにすごまれたペドロは、今すぐここで死ぬのか？　それとも再び草原地帯にちょっかいを出してシグムンドたちに滅せられるのか？　という、究極の二択をすることになった。

ペドロはセブールたちも怖いが、目の前のドロスに逆らう勇気もない。そこでドロスの言う通り、部下たちを招集するために去っていった。

ペドロが去った後で、ドロスは念のため、ある魔導具を用意することを決める。

ドロスが、その長い寿命の中でやっと入手した、貴重な魔導具である。

それは日光を遮断できるという、ある意味バンパイア専用ともいえる機能を持つものだ。はるかな昔、バンパイアロードが存在した時代に、バンパイアの魔導具職人が作り出した逸品である。

これさえあれば、ドロスも日光を克服したバンパイアロードに近付くことができる。

とはいえ非常に貴重な魔導具なので、使うことはめったにないが、今回は事情が事情だけに特別に用意した魔導具だった。

「なんとしても古竜の血を得るのだ。私は究極の存在となる！」

ドロスはそう呟き、早速《さっそく》、部下に人間の犯罪組織へ連絡を取らせる。

ドロスの頭の中には、古竜の血を得て至高の存在となるという考えしかなかった。

それが決して叶わぬ夢とは、知るよしもない……

九話　ピクニック

「お兄ちゃん！　早く！」

「早く！」

「ごめん、ごめん。すぐ行くよ」

俺――シグムンドは、ミルとララを連れてピクニックに来ていた。ミルとララだけじゃなく、リーファ、ルノーラさんも一緒だ。

場所は、草原地帯の城塞都市から見て東側にある海辺だ。

吸血鬼が襲ってきたばっかりなのに呑気だと思われるかもしれない。だが、とてもじゃないが脅威になる存在とは思えないので、また襲ってこないならスルーしていいだろうと思ったんだ。

ところで、三人の吸血鬼たちは、貴種吸血鬼と呼ばれる存在らしい。奴らは、西方諸国や魔王国では脅威とされていて、要警戒対象みたいだ。

そして三人の吸血の親玉は、公爵級吸血鬼なんだという。公爵級は現在、この世界に一人しかいない特別な階級とのことだ。

吸血鬼という種族について整理すると、次のようになるらしい。

一番下位のものが、レッサーバンパイアなどの吸血鬼。まあ、それでも普通の魔族より身体能力が高いんだが。

そして吸血鬼から進化したのが、魔族に警戒されるレベルの強さを持つ、男爵級、伯爵級、公爵級などの貴種吸血鬼。

貴種吸血鬼から更に進化したのが、すべての吸血鬼を王として支配し、不死王と謳《うた》われたこともある伝説の存在、バンパイアロード。

そして俺はというと、そのバンパイアロードから進化し、最上位特異種族エレボロスロードになっている。

ちなみに俺の血の眷属であるセブールとリーファも、エレボロスという特異種族の属性を得ているので、バンパイアロードに勝てるくらいには強いんじゃないかな。

まあ勝てるといっても、今吸血鬼たちの中には、吸血鬼の王とも呼ばれるバンパイアロードはいないらしいけど。その代わりに、現在は吸血鬼系最強の存在である俺が、魔王国なんかから「不死王」と呼ばれている状態だ。

でも魔王なんかは、俺のことをバンパイアロードだと思っているのかもしれないな。俺もエレボロスロードという特殊な存在を説明するのが面倒で、自分をバンパイアロードだと名乗っていたこともあったし。

で、結局何が言いたいかというと、襲ってきた吸血鬼たちは、俺が前世に小説で読んだような常識外れのバケモノってわけじゃないようなんだ。

吸血鬼というのはあくまで、魔族の一種にすぎないらしい。

デタラメな存在っていう意味で考えるなら、むしろ今の俺やセブールたちの方が、よっぽどバケモノだろう。

そんな俺から見れば、襲ってきた吸血鬼の連中なんて本来どうでもいい。だけど、一つだけ気に入らないことがある。

それは奴らが、人間を攫って飼っているということだ。

他の種族を家畜のように扱うなんて、イラッとする。

だけど、今のところは静観していようとセブールやリーファと話している。

襲ってきた奴はセブールが脅したし、ちょっかいかけてきたら、また対処すればいいだけだよな。

さて、今日はそんなバンパイアのことは忘れて、ピクニックを楽しもう。

実はミル、ララ、リーファ、ルノーラさん以外のメンバーも、ピクニックに連れてきたんだ。

『お腹が空いたでしゅ！　早くゴハンを食べたいでしゅ！』

そう言ってきたのは、オオ爺サマと一緒にずっと草原地帯に滞在しているチビ竜だ。

「分かった分かった。すぐにご飯にするから」

「ニャア～」

「ニャア～」

今度はミルの従魔のシロ、ララの従魔のクロが声を上げる。いつもは護衛をしている二匹だが、今日はピクニックを楽しむだけだから、子猫サイズになっている。

それからゴーレムのクグノチ、グレートタイラントアシュラベアのアスラも一緒だ。

「クグノチ、荷物はここに置いてくれ」

『承知シマシタ』

「アスラ。念のため、周辺の哨戒《しょうかい》を頼む」

「グォッ」

護衛兼荷物持ち役のクグノチが、地面に敷き物を広げ、その上にお弁当やお茶を置く。

でも本当は俺が空間魔法で収納できるから、わざわざクグノチに持ってもらう必要もなかったな。

アスラにも哨戒を頼んでしまったが、本当はアスラの気配だけで、魔物は近寄ってこないから不要だったりする。

だけどクグノチもアスラもピクニックに来て、何か役に立てないかと張りきってる様子だったから、まあ、結果オーライか。

「お兄ちゃん、おなかすいた！」

「おなかすいた！」

おっと、ミルとララが待ちきれないみたいだな。

「ご主人様も座ってください」

リーファに促されて、俺も敷き物の上に座る。

「おっ、美味《うま》そうだな」

「うわぁー！　ごはんだ！」

「ごはん！　食べる！」

「ミル、ララ、落ち着きなさい」

リーファとルノーラさんがお弁当を広げると、ミルとララがぴょんぴょんと跳ねて喜ぶ。

その後、すぐにルノーラさんに叱られちゃったけどな。

「浄化」

俺が魔法でみんなの手を消毒し、早速食べ始める。

「「「いただきます」」」

「ハグッハグッ、おいしいぃ～！」

「おいしいよっ！」

「たくさんあるから、ゆっくり食べていいのよ」

ミルとララが食べ物を口の中いっぱいに頬張り、それをルノーラさんが注意する。

ミルとララは、食べ方がワンパクなんだよな。たぶん俺が草原地帯を統べる前に、ボルクスさん一家がここで遊牧民生活していたことが原因なんだろう。

その頃は満腹になるまで食べれる状況じゃなかったみたいで、その時のように食べ物を見たら即

座にガッツく癖が、今も抜けないらしい。

けど、まあ、俺たちと暮らしていくうちに、いつ食べられなくなるか分からないという不安はなくなって、癖は直るだろうな。

「ご主人様もどうぞ」

「おっ、ありがとう」

リーファにお礼を言いつつ、注いでくれたワインを飲む。

まだ若い気もするが、セブールに言わせれば、この世界のお酒のレベルでは最上級の部類らしい。

そういえば最近では、オオ爺サマもお酒の味を覚えたんだよな。

前に古竜たち全員と宴会をした時みたいに、時々オオ爺サマと酒盛りをすることもある。

そこで判明したんだけど、オオ爺サマって体の大きさを変えられるらしい。

まあ、確かにオオ爺サマの体の大きさで、気持ちよく酔おうと思ったら、すごい量の酒が必要になるからな。体のサイズを縮めてくれるのは、俺にとってもありがたい。

オオ爺サマは最初こそ苦労していたが、さすが伝説の古竜だけあって、そのうちあっという間に体の大きさを変えられるようになっていた。

ちなみにオオ爺サマは今日ここにはいないが、孤児院の子供たちの遊び相手をして、楽しく過ごしているはずだ。

それにしても、オオ爺サマのおかげで、孤児たちはずいぶんと明るくなったよな。孤児院を運営するシスターであるアーシアさん、メルティーさんも、同じようなことを言っていた気がする。

「しかし、どうするかねぇ」

そう呟いたら、すかさずリーファが言ってくる。

「ご主人様、西方諸国の吸血鬼どものことですか？」

ピクニックでまったりとするつもりだったのに、どうしても吸血鬼たちのことを思い出してしまう。

「人間を飼うってのが気に食わないんだよなぁ」

見ず知らずの人間を助けるほど、俺はお人好《ひとよ》しじゃない。

だけど人間を家畜扱いしてるっていうのが気に食わない。孤児院で保護している子だったり、これから保護する予定で移送中の子だったりが、被害に遭《あ》わないとも限らないしな。

「ご主人様を不快な気持ちにするなんて……やっぱり潰しますか？」

いきなり、リーファが過激なことを言い始めた。

「う、うん。ちょっと落ち着こうなリーファ。もう少し監視してみて決めようか」

「ご主人様がそうおっしゃるなら……」

そんなやり取りをしていたら、ミルがお弁当の中に入っていた唐揚《からあ》げを手渡してくれる。

「お兄ちゃん！　これ、おいしいよっ！」

「ああ、ありがとうミル」

せっかくピクニックに来てるのに、吸血鬼のことばっかり考えてしまったな。

今は、ピクニックを楽しもう。俺の望みはゆる～く楽しいスローライフだからな。

十話　飼われる者たち

シグムンドたちが、のんびりピクニックを楽しんでいるのと同じ頃。ドロスたちのアジトから遠くも近くもない距離にある、薄暗い地下の施設で子供たちが泣いていた。

ここはドロスをはじめとする吸血鬼たちが、いつでも新鮮な血を飲めるようにと作った施設だ。人間たちを飼うには、世話をする者が、定期的に施設に出入りする必要がある。このため、ドロスたちが隠れ住むアジトの近くに施設を作ると、人の出入りによってアジトまで目立ってしまい、見つかる可能性が高まる危険があった。

なので、アジトから遠すぎず、かといって血の新鮮さが損なわれないくらいの距離に、施設は作られたのだ。

人間たちが監禁《かんきん》されている薄暗い地下の施設には、鉄格子が嵌《は》められた小部屋が並んでいる。

ベッドとトイレが設置された無機質な小部屋に、年齢でいえば上は十三歳くらい、下は八歳くらいの少年少女が飼われている。

その世話をしている者たちの中には、貴種吸血鬼になれなかった下位種の吸血鬼もいる。

ところで、吸血鬼になった時の階級に関係する要素は二つはある。

一つは、誰が血の眷属にしたのか？　という主《あるじ》の素質。もう一つは、血の眷属にされた人間のもともとの素質だ。

ちなみに、公爵級であるドロスが直々に血の眷属にすれば、ほぼ百パーセントの確率で、相手は貴種吸血鬼になる。しかし伯爵級未満の吸血鬼が作った血の眷属は、下位吸血鬼となることが多い。

ただ、日中活動できない下位吸血鬼を増やしてもあまり意味がないので、無闇に作ることはしない。代わりに吸血鬼の特殊能力である「魅力の魔眼《まがん》」や幻術で洗脳した人間を、配下として使っている。

こういった吸血鬼の配下たちに世話をされ、監禁された子供たちは定期的に血を搾取されている。

この日も、血を抜かれグッタリとした子供たちが、ベッドに横たわっていた。子供たちはこの後、食事と休息を与えられるが、回復するとまた血を抜かれる。

そして血を搾取され続け、体や精神が壊れた子供は処分されるのだ。

シクシクと泣く声が、地下の施設に響く。

だが管理役の下位吸血鬼や洗脳された配下の人間は、子供たちを哀《あわ》れむことなどない。単なる食料としか見ていないのだ。

これからもこんな日々が続くのかと子供たちは悲嘆《ひたん》にくれる。

「ぐすっ、ぐすっ、おかあさん……」

血を搾取され、低級ポーションで傷を治された最年少の女の子が、母親を恋しがって泣いていた。

それを十二、三歳くらいの年長の女の子が、優しく慰《なぐさ》める。

「痛かった？　ベッドに横になって休みなさい」

この施設では、狭い鉄格子付きの部屋一つにつき、六人の子供が生活している。

小さな子供と年長の子供が、三人ずつ同じ部屋にいる。お互いに慰め合わせることで、少しでも家畜である子供たちのストレスを軽減するのが狙いだ。

「神様……お願いします。私たちを助けてください」

泣き疲れた最年少の女の子を撫《な》でながら、年長の女の子が小さな声で願う。

だが彼女は分かっている。こうしてなんとか生き延び続けたとしても、結局ここの生活では、自分はあと数年しか生きれないことを……そして、自分たちを吸血鬼から助けてくれるような国も存在しないことを……

しかし、神様ではないが、少女たちを救いうる存在に、彼女たちの思いは届いていた。

絶望に押し潰されそうな少女の小さな声を、小さな蝙蝠が聞いていたのだ。

ドロスですら察知できない巧みな魔力の隠形《おんぎょう》で、その蝙蝠はこの施設を探っていた。

蝙蝠の正体は、遠く離れた草原地帯でのんびりとピクニックしている、神に届きうるほど強力な存在が放った魔力の塊《かたまり》だった。

子供たちと一緒にのんびりしている穏やかな表情とは裏腹に、内心では激怒してるその存在――シグムンドにより、ドロスたちの駆除が密《ひそ》かに決定した。

十一話　シグムンド、動く

昨日のピクニックは楽しかったなぁ。

とはいっても、俺は物作りか農作業しかしない気楽な毎日を送ってるから、日々を楽しく生きてるんだけどさ。それでも、たまに遊びに出かけるのはいいもんだってことだ。

さて、それはさておき、俺――シグムンドは、ちょっとお節介をすることにした。

孤児院を作った件についてもそうだが、俺がこの世界のすべてを救えるなんて驕った考えは持っていない。だけど、実際に困っている人間を見ちゃうとな……

実は俺は、魔力から作り出した蝙蝠の眷属で、吸血鬼たちの偵察をしたんだ。

俺の魔力から作り出した眷属は、ごく一部ではあるものの、俺の力を使える。それを活かして気配を隠匿《いんとく》し、諜報活動を行っていたというわけだ。

探った結果分かったことは、すでにリーファとセブールにも伝えてある。

「フフッ、ご主人様の思う通りになさればいいと思いますよ」

「ええ。旦那様の思うがままになさってください」

「むっ。ま、まぁ、それはな……」

リーファとセブールから、微笑《ほほえ》みながらそう言われると、まるで気持ちを見透《みす》かされているみたいで照れるじゃないか。

みたいっていうか、まぁ、実際見透かされてるんだろうけど。

「子供たちを精神的、肉体的に壊した挙句、ゴミのように処分するなんて、私も我慢なりません」

「リーファの言う通りですな。魔王国ではまともな吸血鬼たちのために、魔物の血が売り買いされております。食料とする血が流通しているにもかかわらず、人間を家畜のごとく扱う輩は、早々に消した方が世のため人のためでしょう」

俺が照れていたら、リーファとセブールがそれぞれ主張した。

うん。リーファたちも俺と同意見なら、これから取る行動は考えるまでもないな。

「なら、俺の心の安寧《あんねい》のためにもサッサと潰してしまおうか」

「ですな。旦那様なら、アジトがどこであれ、転移で行けば一瞬でしょう」

「ああ。今回は位置の特定が済んでるからな……じゃあ、行こうか」

「はい」

「かしこまりました」

俺はリーファとセブールと一緒に、吸血鬼のアジト付近へと転移した。

一瞬で西方諸国のアジト付近の森に移動したはいいものの、俺は少し悩んでしまった。

吸血鬼たちのアジトを潰すのと、子供たちを保護するのと、どっちを優先するべきか……

考え込んでいたら、セブールが助言してくれた。

「旦那様、吸血鬼どもを先に始末してはいかがでしょう？　子供たちを保護している間に奴らに逃げられれば、また別の罪なき子供たちに被害が及ぶかもしれませんからな」

「それもそうか」

というわけで、先に吸血鬼たちを潰すという方針が決まり、早速吸血鬼たちのアジトへと向かうことにする。

移動手段は転移じゃなく、影移動——影に潜《ひそ》んで移動するという闇魔法を使っても、たいして時間は変わらないだろう。なのでひとまず今回は、影移動で移動することを選択する。

なんでかって言われても、そんな気分だったという以外に理由はない。

こうして俺たち三人は、地面に落ちた影の中へ体を沈ませ、移動を開始した。

◇

シグムンドたちがアジトにやって来たのと同じ頃。ドロスはアジトの中で、古竜の血をいかにして手に入れるか考えていた。

ところがドロスがくつろいでいる豪華な部屋に、突然、何者かの気配が出現する。

「⁉　誰だ‼」

そう叫ぶドロスの前に、シグムンド、セブール、リーファの三人が現れる。

現在存在するバンパイアの中で、最高位の公爵級であるドロス。だがドロスは三人を見て、彼らが己よりもはるかに上の力を持っていると瞬時に理解してしまった。

「ま、まさか……そんな、馬鹿な……」

だが、ドロスはその現実を認められず、ブツブツ言いながら狼狽《うろた》えるだけだ。

そんなパニック状態のドロスに、セブールが話しかける。

「お初にお目にかかります。私は魔王国出身の執事、セブールと申します。こちらにいらっしゃる旦那様に仕えています」

「ま、まさか。魔王国の重鎮であるセブールが……」

目を見開きながらそう口走るドロス。

ドロスは、セブールが「仕えている」と言ったことに驚愕《きょうがく》していた。

明らかに自分より力が上だと理解できるセブール。そのセブールを従えている、もう一人の男をよく見ると、自分のごとき存在でははかりしれない、セブールを超越するほどの力を持っているのが分かった。

そのことに、ドロスは背筋が冷たくなるのを感じる。

これほどの存在に、ドロスは生まれてこの方、初めて会ったからだ。

ドロスはその恐怖を打ち消すようにして、大声で部下を呼ぶことしかできなかった。

◇

俺――シグムンドは、吸血鬼たちの親玉がいるアジトにたどり着いた。

薄暗い部屋の中にあったのは、重厚な素材でできた、高そうな机と椅子。そこに座っている吸血鬼、あいつがバンパイアの親玉だろう。

なんか偉そうな椅子に座ってるから、たぶん間違いない。魔力もこの周辺なら一番多いしな。

バンパイアの親玉は、セブールの顔と名前を知っていたようで、目を見開いている。

加えて、セブールやリーファの存在感にも驚いているんだろう。

今まで自分以上の存在はいないと思っていたところに、その自分をはるかに超えるセブールとリーファが現れてパニック状態って感じか。

バンッ!!

その時、ドアが勢いよく開き、吸血鬼の手下たちが部屋に入ってきた。

だが一度に室内に突入できる人数など知れている。

リーファとセブールは吸血鬼の親玉に対峙《たいじ》しているので、ここは俺が対処しよう。

トンッ……

「ウギャァ‼」

「グフッ‼」

ドサッ！　ドサッ！

俺が足を軽く踏みしめると、床から黒く鋭い杭《くい》が現れ、突入してきた吸血鬼の手下たちを貫いた。

「なっ⁉　一瞬でだとっ！」

バンパイアの親玉が驚きの声を上げるが、驚いているのは俺の方だ。

「脆《もろ》くないか？　吸血鬼って、高い不死性が売りなんだろ？」

「何度も申し上げていますが、下位の吸血鬼の不死性など、大したことありません。旦那様に比べれば、ないに等しいですな」

「ああ、そうだっけ？」

俺とセブールが話していると、吸血鬼の親玉が、驚いた様子で視線を俺に向ける。

「おっ、お前は……いつの間にここに！」

あれ、今俺に気付いたのか？　さっき普通に目が合ってたけど。

俺が呆れていると、セブールが首を捻っている俺に気付いたみたいだ。

「恐怖でパニックになっているのでしょうな」

まあ、自分よりはるかに強大な存在を目の当たりにしているなら、パニックで現実が把握できてないのも当然だろうな。

セブールは親玉を煽《あお》るように、更に続ける。

「こやつが仮に旦那様の存在を感知できていなかったとしても、それは仕方ありませんな。私とリーファも眷属でなければ、旦那様が本気で隠形すると察知は無理ですから」

まあ、そうは言っても、隠形していても消しきれない気配に恐怖を覚えた相手には、気付かれてしまうこともあるんだけどな。

「ですが、あなたの眷属を見れば、おのずとあなたの力も分かるというもの。そして、同じ吸血鬼種として、公爵級でもこの程度かと正直がっかりです」

セブールの言葉には、俺も激しく同意する。

草原地帯に偵察に来た手下の吸血鬼もそうだったが、俺やセブール、リーファが思いっきり手加減しても簡単に死んでしまう。

俺が血を分けた眷属なら、ここまで脆くはないのに。主従の主が弱いと、こんなものなんだな。

そんなことを考えていたら、プライドの高そうな親玉が、あっさりとセブールの挑発に引っかかって喚《わめ》きだす。

「バンパイアの王に至る器である我を侮辱《ぶじょく》した罪を、その身に刻んでやるわぁ!!」

机を飛び越し、セブールに襲いかかる親玉。

だが、リーファも俺も一ミリも動く気はない。セブール一人でも戦力過剰だ。

親玉の実力には俺もガッカリなので、この場をセブールに任せることにした。

「セブール、俺はリーファと手下が残ってないか確認してくる」

「承知いたしました。こちらはお任せください。他にも拠点がないか尋問した後、処分しておきます」

というわけで俺とリーファは部屋を出て、アジトの探索をする。

手下たちの魔力の反応が小さすぎるから、実際に見た方が間違いが少ないだろう。奴ら、ネズミや蝙蝠に変化しているかもしれないからな。

ひとつひとつ部屋を確認しながら、残った吸血鬼の手下たちを潰してまわる。

「ところで、吸血鬼ってさ。殺しても灰から復活したりしないのか？」

「お祖父様が何度か言ってましたが、下位の吸血鬼の不死性は大したことありません。ご主人様なら灰からでも復活が可能なのかもしれませんが、下位の吸血鬼には無理だと思いますよ」

「へぇ、そうなんだ」

前世の創作物なんかじゃ、灰に血を垂らすとか、なんらかの儀式をすれば復活するって話もあったと思う。さっきも思ったけど、この世界の吸血鬼って、俺の認識の中の吸血鬼と比べると、ずいぶんと脆弱《ぜいじゃく》なんだな。

さてと、アジトの探索を続けよう。

俺はリーファと一緒に、アジトのすみからすみまで調べていく。

そしてしばらくして探索を終えた結果、このアジトには、血を得るために飼われている人間はいないと分かった。

それから宝物庫っぽい部屋もあったけど、残念ながら俺の興味を引くほどのものはなかったな。

でも、リーファはきっちりと金貨や銀貨を回収していた。これは、捕らえられている子たちに渡すつもりらしい。

そういえば、俺はその子たちの今後まで考えてなかったな。どういった経緯で飼われていた子たちか分からないが、この世界じゃ助け出したら終わりとはならないのを忘れてた。

日本なら、セーフティーネットがしっかりしているから、助け出せさえすれば、あとはなんとかなるものだが、その理屈はこの世界じゃ通用しない。

何もケアせず放り出すなんて、衣食住が保証されていた監禁生活よりも、子供たちの環境を悪化させることになりかねない。

悩んでいる俺に気付いたのか、リーファが言ってくる。

「城塞都市の孤児院もまだ余裕があると思いますし、もう仕事も可能な子も多いようですから、大丈夫ですよ」

「それもそうか。血を抜くのに、あまり小さな子供は集めないか」

リーファとそんなこと話しつつ、アジトの探索を終えて親玉の部屋に戻る。

すると部屋の真ん中には、セブールの糸でがんじがらめにされ、宙吊《ちゅうづ》りになった吸血鬼の親玉がいた。どうやら、親玉の尋問は終わったみたいだな。

「セブール、何か分かったか？」

「現在稼働している拠点は、このアジトと攫った子たちのいる場所だけのようです。あとは攫われた子供たちを救えば解決ですな」

親玉を吊るしているセブールに尋ねたら、そう教えてくれた。

「ふーん。なら、もうコイツは必要ないな」

俺のその言葉に、宙吊りにされている親玉がギョッとする。

「おっ、俺を殺すつもりかっ！」

「いや、お前だって何人もの罪無き人を殺《あや》めてきただろ？」

「家畜を殺して何が悪い！　お前たちも、俺と同族ではないか！」

セブールの糸によって、蝙蝠や霧になる能力を封じられ、脱出不可能となった馬鹿な親玉がそう喚く。

「はぁ……吸血鬼って、人間の血がないと生きていけないのか？　セブール」

「いえ。栄養や魔力の回復量を考えるならば、高位の魔物の血の方が効率がいいでしょうな」

「誇り高き公爵級吸血鬼の俺様がぁ！　魔物の血など飲めるわけがない！　貴様ら、ノミやヒルと同列の愚か者かぁ!!」

親玉にノミやヒル呼ばわりされ、セブールとリーファが濃密な殺気を放つ。

俺はそんな反応を示す二人を、手で制した。

「気にすることはないよ。弱い犬ほどよく吠える」

俺はそう言うと、少しだけ気配を隠すのをやめた。

「ヒッ⁉」

その途端、直前まで唾《つば》を飛ばして俺たちを罵《ののし》っていた親玉が、もとから青白い顔を更に青くしてガクガクと震えだした。

奴も吸血鬼の中ではそれなりに実力があったんだろう。隠形を解いた俺の強さの一端が理解できたみたいだ。

「というわけで、もう用はない」

「やっ、やめっ……」

俺は親玉の声を無視してその頭を掴み、ソウルドレインを発動する。

ボロボロと崩壊するバンパイアの親玉。ん？　だけど……

「あれ？　もしかして逃げた？」

「どうされました？」

失敗したな。どうやら逃げられたみたいだ。

「ソウルドレインで吸い取った魂《たましい》が、公爵級吸血鬼という割には小さすぎた。なんらかの手段で脱走したのかな？」

「……保険として、分身を残していましたか」

セブールの予測を聞き、リーファが首を傾げる。

「分身？　お祖父様、吸血鬼にはそんなことが可能なのですか？」

「聞いたことはありませんな。ですが公爵級吸血鬼ともなると、常識に捕らわれない力があるのでしょう」

セブールの推測は、たぶん正しいんだろうな。

魂を分けて死に際に脱出するなんて、俺でもそんな真似はできない。だけど分身を作ってたというなら、ソウルドレインの時の違和感にも納得がいく。

「まぁ、いいか」

俺がボソッと呟くと、セブールとリーファが相槌をうつ。

「ですな。また悪さをするようなら、その時に潰せばよろしいかと」

「まあ、あれにそんな勇気が残ってるか分かりませんけどね」

最後の詰めが甘かったものの、一応は恐怖を植えつけられただろうしな。

セブールが言うように、次に悪さしたらその時に駆除を考えよう。

というわけで、次は子供たちを助けないとな。

俺たちは、あらかじめ探知してあった子供たちの監禁場所に影移動で到着した。

監禁場所である建物は、上物がほぼダミーだった。機能している部屋の大部分が地下にあるようだ。

「しかし、いくら町外れとはいえ、こんな堂々と監禁施設を作るなんてどうなんだ？」

俺には悪手に思えて、セブールにそう尋ねてみた。

「吸血鬼には魅了の魔眼がございますからな。周辺の認識をごまかすような情報操作を行っていたのでしょう」

「なるほどな。ちなみに、監禁場所が地下牢なのは吸血鬼だからか？」

「子供たちの世話をするのは、下位の吸血鬼でしょうからな。日光を浴びれば死に繋《つな》がるので、地下に施設を築いたのでしょう」

「へぇ不便なもんだな。下位の吸血鬼って。だいたい人の血を飲みたいがために、飼うってどうなんだ」

「奴らは、人間の血を飲むことにこだわりを持っていますからな」

「でもお祖父様、吸血鬼も普通の食事だけで生きられますよね？」

「ええ、基本的に我らと変わりませんね」

ちなみに俺たちも、血を飲むメリットがないわけじゃない。魔力と体力をすぐに回復するなら、血が一番なのは他の吸血鬼と同じだ。

だけど、俺たちが血を必要とするほど消耗することはない。そうなると自然と血を飲む機会も減るんだよな。別に、たいして美味しいものじゃないし。

「ともかく、手分けして助けるか」

「そうですな」

「分かりました」

頷くセブールとリーファと共に、建物に入り、地下牢へと向かう。

逃げた吸血鬼の親玉のことは今は放置だ。それよりも、狭く暗い部屋に閉じ込められている子供たちを救わないとな。

◇

吸血鬼に監禁されている年長の少女は、今日も牢の中にいた。

そしていつもなら自分が血を抜かれる番なのに、下位の吸血鬼がやって来ないので、不思議に思ってた。

同じ檻の最年少の女の子は、相変わらず母親を呼んで泣いており、それを慰めながらも少女は首を傾げる。

その時、少女の願いが叶う瞬間がやって来た。毎日祈っていた神様ではなく、不死王によってだが……

少女がふと顔を上げると、檻の外に誰かが立っていた。全員初めて見る顔の三人だ。

「今檻を開けますからね」

三人のうち、クールで綺麗な大人の女性が、少女を安心させるように微笑んで言う。

「助けてくれるの？」

「ええ。帰れる場所がある子は送っていくわ」

ああ、神様と、少女はポロポロと涙を流して感謝するのだった。

◇

俺——シグムンドは、地下牢に監禁されていた子供たちを救助した。

吸血鬼の人数がそれほど多くなかったからなのか、それとも飲む血が少量だったからなのか、捕らえられていた子供の人数は三十人ほどだった。

子供たちができるだけ怖がらないよう、今はリーファに対応を任せ、子供たちを落ち着かせてもらっている。

それにしても、本当に子供から血を採ってたんだな。子供たちは小学生くらいから、中学生くらいの子までがいた。

こんな悪行をする奴を逃したのはまずかった。念入りに、塵も残さず始末するべきだったな。

俺が一人考えていると、リーファが側にやって来る。

「ご主人様、帰る場所のない子も十人ほどいるみたいです。あとは親元に送り届けられそうです」

リーファが少し落ち込んだ雰囲気でそう話した。

「そうか。送り届けるのは、俺も手伝うからすぐに済むだろう。帰る場所がない子は、その子たちがよければ城塞都市の孤児院で預かろうか」

俺としては最初から中途半端に解放して終わりなんて考えてなかったので、行く場所のない子たちに関しては、責任を持つつもりだ。

そう伝えると、リーファの表情が明るくなる。

「はい。それがいいと思います。では、子供たちの希望を確認してきますね」

そしてリーファは、子供たちの所に小走りで向かっていった。

「リーファは、優しいな」

「ええ。優しい娘に育ってくれました。自慢の孫です」

俺がリーファを褒《ほ》めると、セブールもニコリと笑う。普段は面と向かって褒めることなんてないセブールだけど、やっぱりリーファのことが可愛いんだな。

◇

その後、俺たちは子供たちを一人一人、親元に送り届けた。

ここがどこで、どこから連れてこられたか、分からない子供もいた。

だけど、だいたいどの辺りから子供を攫ってたかは、下っ端のバンパイアたちを始末するついでにある程度聞き出してあったからな。

とはいえ、それでも全員を親元に送り届けるのは、ちょっとだけ大変だった。

親元がどうしても分からない子については、その子の魔力のパターンと似た反応を俺が広域探知魔法で探り、両親の居場所を突き止めてなんとか送り終えたんだ。

「さて、残った君たちも心配しなくていい。衣食住は保証するから」

「清潔で柔らかいベッドもあるわよ」

俺とリーファが帰る場所のない子たちに話しかけると、その中の年長の少女が、暗い顔で深々と頭を下げる。

「……お願いします。一生懸命働きます」

確かに年長の少女は、この世界でならもう働いていても不思議じゃない年齢だった。だけど、子供にそんなことを言われると悲しくなる。

「そう肩に力を入れなくても大丈夫だよ。しばらくゆっくりと心と体を休めて、将来のことを考えればいい」

「そうよ。何も心配いらないのよ」

俺とリーファで、そう言って子供たちを安心させるよう努める。

だけど今の状況じゃ、まだ俺たちのことを完全には信じられないだろう。

孤児院で暮らし、心身が回復して前向きになるのを待つしかないな。

みんな監禁によって、怯えてオドオドしているのは当然だが、更に地下牢生活のせいで、体の健康も損なわれている状態のようだ。

ちなみに、親元に帰った子も含め、子供たち全員に回復魔法と浄化魔法を掛けておいた。

だから子供たちみんなが、元気になってくれることを祈るばかりだ。

しかし、吸血鬼どもめ、ろくなことしないな。

いやまあ、俺も吸血鬼の一種なんだけどさ。

十二話　公爵級吸血鬼、引き篭もる?

ここは、誰もいない地下の暗い部屋。

そこに置かれていた棺《ひつぎ》の蓋がバンッという音と共に吹き飛んだ。

棺の中からガバッと体を起こした男が、怯えた様子で周囲をキョロキョロと警戒する。

その男とは、公爵級吸血鬼のドロスだった。

「はぁ、はぁ、はぁ……」

ドロスの息は荒く、額《ひたい》には汗をかいている。

「あっ、あのバケモノはなんだ！　公爵級である我が、羽虫のごとき扱いを受けるとは……」

現在、吸血鬼たちの頂点であるはずの公爵級吸血鬼ドロスは、誰もいない部屋でそう叫ぶ。

その心にある感情は、まぎれもなく恐怖。しかも生まれて初めて感じるレベルの恐怖だった。

ドロスはアジトで対峙したセブールと若い女から、己よりはるかに強大な力を感じた。

しかし恐怖の一番の原因は、セブールと若い女ではない。その横にいた若い男だった。

若い男は、ただその場に黙って立っていた。しかしドロスは、その力の全貌を測ることすら叶わないほどの圧倒的な力量の差を、否応なく突きつけられた。

「……力を取り戻さねば。しかし、派手に人間を攫い奴らに勘づかれれば、今度こそ終わりだ」

ドロスが助かったのは、公爵級吸血鬼でありながら、慎重で臆病《おくびょう》な性格が幸いしたおかげだ。

公爵級吸血鬼とはいえ、今回のような緊急時用に、分身を簡単に用意できるわけではない。

己の血と肉と魔力がこもった分身を作るには、長い時間と、己の魂をごく一部分けるという、大掛かりな術式が必要となる。

ただそうして作った分身は、あくまで緊急事態用のものである。

分身の体の中に逃げ込んだドロスは、現在大幅に弱体化している。

できるだけ早く力を取り戻したい気持ちはあるが、派手に動いてしまうと、シグムンドたちに見つかる可能性が高くなる。

そして見つかれば、今度こそ確実に自分は殺されるだろうとドロスは考えている。また力を取り戻せたとしても、シグムンドには一分の勝ち目もないことは、嫌というほど理解していた。

「眷属は、ほぼ全滅か……」

ドロスはボソリと呟いた。魔力で繋がっている眷属が消滅しているのは、感覚で理解できるのだ。

「……新たな眷属を作るか？　いや、今の力で作った眷属では役に立つまい」

ドロスは独り言を言いながら、眷属を生み出すのは、思い留まる。

「しかし、奴は何者なんだ。僅《わず》かに同族のような気配も感じられたが、あれはただの吸血鬼と呼んでいいような、生易しい存在では断じてありえない」

ドロスの頭の中は、得体の知れないバケモノ、シグムンドのことでいっぱいだった。

歯向かう気すら起こらない圧倒的な力の差があることを、吸血鬼の頂点とされるドロスが理解させられてしまう存在――シグムンド。その存在感を思い出しただけで、ドロスの額からは汗が流れ、体が勝手に震える。

それを自覚すると、もうダメだった。頭の中は、シグムンドからどうやって逃げるかでいっぱいになる。

「恐ろしい。逃げなければ。どこへ逃げる……いや、だが……」

しかし、そこまで考えたところで、ドロスは首を横に振る。

「いや……公爵級吸血鬼である我が、逃げるなどありえない！　吸血鬼の頂点は、このドロス様でなければならないのだ！」

愚かなプライドの塊であるドロスは、結局生き延びたいという気持ちより、己を弱者だと認めたくない気持ちの方が大きくなってしまった。

とはいえ、本当に吸血鬼の頂点となるには、シグムンド以上の力を得る必要がある。

シグムンドのように戦闘で進化してバンパイアロードに至ろうとしても、深淵の森の迷宮が消滅した今、それは非常に困難だ。

しかしドロスは、古竜の血さえ得れば、バンパイアロードに至れると信じ込んでいる。

だがその噂は迷信だった。なによりドロスでは、古竜にかすり傷をつけることすら難しい。

特にドロスの狙う黄金竜は光属性を持つ、神聖な古竜の長だ。闇の住人であるドロスとは対極に位置する存在であり、ドロス得意の闇魔法など、効果があるか疑わしい。

しかしドロスは、こういった事情に思い至ることは一切なく、今後のことを夢想する。

「気が進まぬが、力を取り戻すまでは子供から血を採るのはやめるか。消えても不自然じゃない、犯罪者を狙うとしよう。そして、少しずつ草原地帯の方向へ移動するか。古竜の血さえ手に入れば、我は至高の存在に至れるはずだ。我こそが、すべての生物の頂点であるべきなのだ！」

ドロスは夜の闇に紛《まぎ》れ、少し時間が掛かろうとも、草原地帯へ行くと決意する。せっかく用意した日光遮断の魔導具のことは、すっかり忘れてしまっていた。

ちなみにドロスは、シグムンドによって魔力のマーキングをされている。それによってシグムンドからは必ず探知されてしまうので、見つからずに草原地帯に到達するなどありえなかった。

しかしドロス本人は、そのことに気付いていない。

こうして性懲《しょうこ》りもなく、古竜の血を得る野望を燃やすドロス。

その野望の成否はともかくとして、ひとまずこの大陸の闇に長く潜《ひそ》んでいた吸血鬼の一勢力は、この日シグムンドにより壊滅させられたのであった。

十三話　魔王国からのお願い

最後の最後で取り逃がすという失態があったものの、とりあえず吸血鬼騒動が一段落ついたので、俺──シグムンドは、いつも通りの日常へと戻っていた。

そんな普段通りの生活が続いたある日、セブールが手紙を持ってきた。

「ん、これは魔王国からか？」

「はい。魔王陛下からでございます」

そうセブールが落ち着いて言うので、悪い話じゃないんだろう。

俺は手紙を受け取って目を通した。

「……ふん。魔王国も、そろそろ流民《りゅうみん》は勘弁ってことか」

「国土的にはまだまだ余裕はあるのでしょうが、一度に流入する人数が多すぎるのでしょう。魔王国の国力も、まだ戦争から回復途中ですから」

「それは、そうだな」

魔王からの手紙の内容は、草原地帯を俺主導で開発し、この大陸の食糧庫となるような穀倉地帯にできないかというものだった。

以前からあった魔王国への流民問題。それが、そろそろ洒落《しゃれ》にならないレベルになっているらしい。

魔族は人族より人口が少ないので、他国からやって来る流民を労働力として受け入れてきた。だけど農業に携《たずさ》わる労働力が増えたとしても、耕作地を増やし、作物を実らせるまでには数年を要する。

その間、その元流民を養《やしな》う食料が必要になるわけで、もともと戦争で国庫が潤沢《じゅんたく》ではない魔王国は悲鳴を上げ始めたというわけだな。

ただ、この話を持ってきたセブールの表情は、いまいち優れなかった。俺は、その理由を尋ねてみる。

「セブールは、この話に全面賛成ってわけじゃないみたいだな」

「はい。食料の増産は、魔王国や西方諸国にとって、大変ありがたいのでしょうが、旦那様には利があるとは言えません」

「まあ、そうだよな」

セブールが言うように、魔王国や西方諸国にとっては、草原地帯が穀倉地帯となり、食料が多く出回るのはメリットしかない。価格も下がり、流民問題も多少は解消されるだろう。

だけど、この案って俺ありきなんだよなあ。

今のところ、孤児院がある草原地帯から無責任に手を引くことはないが、穀倉地帯とするためにこれ以上移民を受け入れても面倒が増えるばかりで、俺にとって得はない。

もし俺がお金や宝石、貴重な宝が欲しいなんて思ってたら別かもだが、魔王国からは対価として欲しいものなんてないしな。大概のものだったら、俺の方が貴重なものをすでに持ってるんだ。

「ただ、これ、魔王国はだいぶ困ってるんだよな？」

「はい。戦争を仕掛けた責任もあり、魔王国は西方諸国との関係を大切にしていますからな。食料の増産で受ける恩恵は西方諸国の方が大きいので、魔王陛下がこの問題を解決できれば、西方諸国への賠償代わりとなるのです。先代魔王陛下による戦争のせいで、各国で失われてしまった農業技術も多いと聞きますしな」

「本当にろくなことしないな、前魔王。確か、バールだったっけ？」

「申し訳ございません」

「いや、セブールを責めてるわけじゃないさ。どうせ、誰が諌言《かんげん》しても聞かなかっただろうしな」

まあ、俺も魔王国には孤児院の設立の時にお世話になってるし、手を貸すのは別にやぶさかじゃない。

「そうだなあ。最初の農地開拓、道路整備、魔物への対処なんかは俺がやっとくか。それ以外は魔王国主導で動いてくれるなら、俺としてはこの計画に異存はないよ」

「ありがとうございます。これで魔王陛下も安堵《あんど》されるでしょう」

「ただ、人が増えれば、馬鹿なことをしでかす愚かな輩が必ず出てくる。俺は孤児院の子供たちが被害に遭うようなことがあれば、魔王国だろうが西方諸国だろうが許さんぞ」

「……それは、釘《くぎ》を刺しておく必要があるでしょうな」

「あっ、そうだ。大丈夫だと思うが、移民の中には、オオ爺サマにちょっかいかけるような馬鹿もいるかもしれん。護衛のゴーレムがいるから基本は大丈夫だろうけど、その辺の対策も考えなきゃな」

「確かにそうですな。人間ごときに黄金竜殿をどうにかできるとは思えませんが、飛びまわる羽虫の駆除は必要でしょう」

せっかく長きにわたる封印の守護から解放されて、のんびりと息抜きしているオオ爺サマ。なのに、煩わせてしまうのは忍びない。

オオ爺サマクラスの古竜の爪《つめ》や鱗《うろこ》、髭《ひげ》や血なんかは、大金を出しても手に入れられない、超希少素材だからな。

欲深い奴らがやって来たら、一攫千金《いっかくせんきん》を狙って暴挙に出ても不思議じゃない。

「一度この辺のことを、魔王国の責任者と話すか」

「そうですな。いずれにしても一度話す必要はあるでしょう。私の方で調整しておきます」

「頼むよ」

俺はやぶさかじゃないけど、大陸中に影響を及ぼす事案なだけに、二つ返事でＯＫはできない。

というわけで、魔王国の責任者と話をしておくことにする。

草原地帯が賑《にぎ》やかになるのはいいが、騒がしくなるだけなら嫌だからな。

◇

そして、数日後。魔王国との話し合いの日時が決まったと、セブールが教えてくれた。

今回は文官の長や、ひょっとすると宰相辺りが来るかもしれないな。

ああ、第二王子って目もあるな。あの子はなかなか賢い子だ。今も草原地帯への移民事業は、あの子が主導しているからな。

だけど、誰が来るにしろ、俺はこういう話し合いについてはセブールにお任せだから、楽なもんだ。セブールなら、適当にいい具合に話をまとめてくれるだろう。

そう思っていたら、セブールから思わぬ質問をされてしまった。

「旦那様。魔王国に求める報酬《ほうしゅう》は、いかがいたしますか？」

「欲しいものねぇ～……思いつかないな」

「そうでございましょうな」

実は話し合いにあたって、俺から何か報酬のリクエストはないかと、魔王国から確認されたらしい。魔王国は移民の受け入れという俺の功労に対し、何をもって報《むく》いればいいかと困っているようだ。

この件、問題は、俺には欲しいものがないってことに尽きるよな。

基本的に、香辛料《こうしんりょう》や調味料以外は自給自足できているし、お金は深淵の迷宮で手に入れたものが、まだまだいっぱいある。剣や鎧《よろい》なんかの装備品も、迷宮から得たものや自作品で事足りるしなあ。

「旦那様。話は変わりますが、今回草原地帯を開拓するとして、その土地の税収や新しい移民の管理はどこに任せるつもりですか？」

悩んでいると、セブールが別の面倒な話を振ってきた。

実は城塞都市とその周辺の農地について、治安維持や税の徴収《ちょうしゅう》などを実際に行っているのは、魔王国から出向してきている代官と文官なんだ。

まあ、そうはいっても治安維持に関してはうちのゴーレムたちがいる時点で必要ない。だから、魔王国はポーズとして兵士を少数駐屯《ちゅうとん》させているだけだ。

でも、税の徴収といった、俺は面倒で興味がないけど必要な事務を、魔王国がやってくれるのは助かっているかな。

「うーん。今回も魔王国が管理するんじゃないのか？　俺は別にそれで問題ないんだが、たぶんそう簡単じゃないんだろうな」

「今回の開拓は規模が違います。城塞都市およびその周辺の農地の管理を任せるのと、大々的に開拓した広大な農地の管理を任せるのでは、同じに考えてはダメでしょうな。任せた国が得る権限が以前よりかなり大きくなりますから」

要は、これ以上草原地帯の農地が拡大するとなると、さすがに西方諸国連合も欲を出して、この件に一枚に噛みたいと言ってくる可能性があるってことらしい。

莫大《ばくだい》な利益を生む草原地帯だけに、争いの火種にある危険性も考えられる。

俺としては、聖国みたいな国がまた出てきて、この草原地帯にちょっかいを出すのは勘弁だ。

別にそんな国が現れたら、始末してしまえばいいだけなんだけど、面倒だからさ。

はぁ。聖国以外の西方諸国連合に関しては、草原地帯への野心がまったくないとは言わないにせよ、手を出したら火傷《やけど》では済まないことは、理解してると思ってたんだけどな。

この草原地帯の扱いについて、魔王国は俺の縄張りだと認識していて、それを西方諸国連合にも周知徹底している途中だと聞いていたし。

「まあ、とにかく俺としては、多少でも付き合いのある魔王国を差しおいて、付き合いのない西方諸国連合に管理を任せるなんてありえないかな」

「ですな。旦那様がそうおっしゃるのであれば、それに異を唱《とな》える者はいないでしょう。旦那様は、深淵の森と草原地帯の実質的な支配者なのですから」

なら、この件に関しては、俺の意見を通させてもらおう。別に俺が西方諸国連合の都合を考慮する義理はないからな。

「お兄ちゃーん！　お茶だってぇー！」

「オヤツ！　オヤツ！」

ちょうどいいところに、ミルとララが俺を呼ぶ声がした。

「はい、はい。すぐ行くよ。まあ、セブールに任せるよ」

「承知いたしました」

こうして俺は面倒な話を、またセブールに丸投げすることにした。

◇

ここは魔王城の一室、第一王子バーグの部屋。部屋の主人である少年、バーグが、ソファーに寝転がってダラけている。

バーグはセブールから、トラウマレベルのスパルタ教育を受けておきながら、もうタガが外れて怠《なま》け始めていた。ある意味すごいと言わざるをえない。

以前はセブールに怯え、文官の勉強に精を出していたバーグ。しかしそんな真面目な様子を見せていたのは、ごく僅かな時間だった。

しかしながら、以前のような粗暴《そぼう》な姿を周りに見せることも、またなくなっている。

再びセブールが出張《でば》ってくるかもしれないという恐怖により、いくらバーグとはいえ、その点についてはギリギリ自制心が働いているのだ。

バーグはダラけながら、一人悪態《あくたい》を吐く。

「クソッ。ダーヴィッドの野郎、兄の俺を差しおいて魔王の座を狙ってやがるのか！」

バーグは、弟のダーヴィッドが草原地帯の管理責任者となるかもしれないとの噂を耳にし、イライラしていた。

ダーヴィッドは、バーグが部屋に引き篭ってダラダラしている間も、魔王国と城塞都市とを行き来し、移民や孤児の移送に励んでいた。

こういった実績もあり、草原地帯管理についても、ダーヴィッドを責任者とすれば問題ないと考える魔王国の政務官は多い。

「俺も草原地帯に通うべきか……いや、それはぜったい嫌だ。あそこはバケモノの縄張りじゃないか」

城塞都市は、バーグにとってトラウマレベルに恐ろしいセブールや、グレートタイラントアシュラベアや、人知を超越したふざけたゴーレムのいる地だ。できることなら、絶対に近寄りたくない。

「しかし、このままじゃ、ダーヴィッドの奴の評価が上がる。どうする。どうする、俺」

以前は武力で世界を征服した先代魔王に憧れ、戦闘方面の訓練にはある程度時間を割いていたバーグ。だが、最近は部屋に引き篭もっていることもあり、武も文も疎《おろそ》かになっている状態だ。

それにひきかえ、弟のダーヴィッドは、いろいろな意味で以前より強くなろうと、熱心に努力している。武力至上主義である魔王国とはいえ、さすがにダーヴィッドの方が次期国王にふさわしいのではないかとすでに評判になっている。

そんな状況の中、バーグの焦りは募《つの》っていくのだった。

十四話　トラブルメーカーがやって来る

見るからに重厚な作りの黒い馬車が、隊列を組み北から南へと進んでいる。

馬車を引く馬も普通ではなく、低ランクの魔物であれば簡単に踏み潰すであろう巨体の軍馬だ。

最近この大陸でよく見られる、魔王国から草原地帯へ向かう馬車の隊列である。

ただいつもと違うのは、馬車の護衛のメンバーが、武官の長イグリスと、彼が率いる精鋭だということ。

護衛がいつもと違う精鋭である理由は、今回草原地帯に向かう人員にある。

その一人、魔王国の文官の長アバドンが、同じ馬車に乗る二人に話しかける。

「ダーヴィッド殿下はもう慣れたようですが……バーグ殿下、そんなに怖いのなら、来なくてもよかったのですよ」

「こ、こっ、怖くなどないわっ！」

草原地帯に近付くにつれ、ガタガタと震え始めたバーグ。それを見かねてのアバドンの言葉だったのだが、バーグは虚勢《きょせい》を張ってみせる。

「兄上、落ち着いて」

その横で、いつものようにダーヴィッドが、困った顔でバーグをなだめていた。

実は今回の魔王国の一行は、アバドンをはじめとし、第一王子バーグ、第二王子ダーヴィッドと、国の主要人物がいつもより多い。このため、護衛も厳重になるのは当然だった。

今回こういったメンバーとなったのは、シグムンドにはさしてメリットのない、草原地帯の開拓をお願いをするためだ。

当初は文官の長であるアバドンと、第二王子のダーヴィッドで草原地帯を目指す予定だった。

ダーヴィッドには将来的にシグムンドとのパイプ役となり、更に草原地帯の代官職を任せてもらえるのではないかという期待が、魔王国の者たちから持たれている。

ところがこの二人に対し、バーグが突然「俺も行く！」と宣言したのだ。

トラブルメーカーのバーグによる唐突な我儘《わがまま》に、アバドンや宰相のデモリスは頭痛がした。バーグがいつものように自分勝手なことを喚き散らせば、シグムンドの機嫌を損ねかねない。

しかし魔王でありバーグの父であるヴァンダードが、バーグの草原行きをあっさりと認める。

ヴァンダードとしては、最悪草原地帯にはセブールがいるので、なんとかしてくれるだろうとの思いだった。しかし、実際に同行するアバドンとすれば、たまったものではない。

ただでさえシグムンド側には大したメリットもない依頼で出向くのに、バーグというお荷物を連れていくなど、負担でしかないのだ。

だが、バーグもバーグで必死だった。このままでは本当に次期魔王が弟のダーヴィッドになりかねない。そういった危機感から、今回の草原地帯への同行を決めた。

これ以上、ダーヴィッドだけに点数を稼《かせ》がせるのはまずいとの焦りがある。

バーグは今回、どんな内容の話し合いをする予定なのかすら知らない。だが、なんとか自分の存在感を示そうと思っている。

(俺が次の魔王なんだ。セブールも、王子である俺には強く出れないはずだ)

今回は、魔王国の代表として草原地帯に赴くので、セブールもそれなりの応対で迎えるだろうとバーグは信じて疑わない。先日のセブールによるスパルタ教育は、軍事訓練の一環だったせいだと都合よく解釈していた。

「……兄上。お願いですから、シグムンド殿に無礼な態度はやめてくださいね」

「バーグ殿下。相手は、自分よりもはるかに身分が上だと考えた方がいいです。くれぐれも普段のような粗暴な言動はお控えください」

ダーヴィッドとアバドンが、バーグにそう言って釘を刺した。

バーグが草原地帯に近付くにつれて顔色が悪くなるのと同時に、ダーヴィッドとアバドンも、胃の具合が悪くなっていた。

ただでさえ気の重い交渉だというのに、なぜか直前にバーグという特大のお荷物が転がり込んだので、それも仕方のないことである。

「……お前たち、何言ってるんだ？」

「「…………」」

そして案の定、ダーヴィッドとアバドンの助言を、バーグは一切理解していない。

ダーヴィッドとアバドンは、顔を見合わせてため息を吐く。

「兄上、よく聞いてください。草原地帯には、怒らせてはいけない存在がいます。セブール殿の主人であるシグムンド殿です。シグムンド殿は非常に理性的な方ですが、もし非礼な態度をすれば、周りの配下たちが黙っていません」

「それと、黄金竜様にもくれぐれも無礼のないようお願いします」

ダーヴィッドとアバドンは、改めてバーグに注意した。

しかし、バーグはまったく真剣に受け止めようとしない。

「大袈裟だなお前たちは。だいたい、俺は魔王国の第一王子だぞ。そんなに下手に出たら舐《な》められるだろう」

「兄上……」

「殿下……」

ダーヴィッドとアバドンは、言葉の通じない宇宙人を相手にするような気持ちを味わい、しばし呆然としてしまった。

そんな二人の反応に首を捻っているバーグを無視し、ダーヴィッドとアバドンは小声で話し合う。

「ダーヴィッド殿下。会談の前に、セブール殿に相談した方がいいですね」

「はい。寛大《かんだい》な対応をお願いしておかなければ」

やることが増えていき、アバドンは思わず深いため息を吐いた。

息子の教育のためであることは理解するが、ただでさえ気の重い今回の会談に、わざわざトラブルメーカーの参加を許可した魔王ヴァンダードの気が知れないと、アバドンは考えている。

そしてアバドンは、魔王国がある北の方角を見て、心の中で魔王に恨《うら》み事を言うのだった。

◇

そろそろ魔王国から話し合いのために誰かが来るみたいだが、俺——シグムンドの日常はいつもと変わらない。

今日も深淵の森にある田畑の世話をし、その後で城塞都内にある畑を手伝いに来ている。

俺が顔見知りの農民たちと一緒に作業しているところに、俺の眷属である鴉の魔物、ヤタが空から降り立つ。

「マスター、もうすぐ魔王国の奴らが到着するぞ」

「ご苦労様、ヤタ。道中で何か問題はなかったか？」

「問題はないけどな、マスター。例の兄貴が話し合いにくっついてきちまってるぞ」

「……ま、まあ、それは魔王国で対処するだろう」

今回の話し合いはセブールに任せるつもりなので、俺が顔を出すことはない。だから別にバーグが来るのはいいんだが、もし俺が馬鹿王子、もとい、バーグに絡まれでもしたら、眷属たちが激昂《げきこう》しそうだ。

俺としては、別に多少無礼な態度で接してきても、別にキレることはない。記憶がだいぶ薄れているが、前世では日本人の庶民だったからな。王族が庶民に対して偉そうなのは、普通のことだろうって感覚になってしまうんだ。

だけど俺が舐められたと思った眷属たちが暴走したら、バーグはただじゃ済まないだろう。

「ヤタ。バーグのことがムカついても放置するよう、みんなに言い聞かせておいてくれないか？」

「そんなんでいいのか、マスター？　あの兄貴、調子に乗らせたら絶対トラブル起こすぞ」

「まあ、被害が出るようなら捕縛すればＯＫだろ」

「殺した方が早いと思うけどなぁ。まぁ、マスターがそう言うなら仕方ないな。了解だ」

ヤタがなんか物騒なことを言ってきた。

でもまあ、斥候《せっこう》タイプの眷属であるヤタですら、バーグよりはずっと強いからな。

それでムカつくバーグを、プチッとやりたい気持ちに駆られるんだろう。

「そういやマスター、あいつらの馬車を狙っている集団がいたから、駆除しておいたぜ。たぶん、魔王国を面白く思っていない奴らの組織だと思う」

ヤタがついでのように報告してきた。

バーグが来ることなんかより、そっちの方が事件なんじゃないのか？　ヤタの報告の優先順位ってどうなってるんだと、ちょっと呆れてしまった。

まあでも魔王国って、十年前までは手あたり次第、周囲に戦争を仕掛けてた国だからな。いまだに恨みを持って、襲撃を企《たくら》む輩がいても仕方ないんだろう。

特に、今回は魔王国の上層部の人材が動いているからな。そんな連中からすれば、格好の標的だったというところか。

「ちなみに襲撃者の人数は三十人程度だったけど、俺が全員始末しておいたぞ。じゃ、オレはしばらく周辺の警戒にあたるな」

ヤタがまたしても物騒なことを言いつつ、忙《せわ》しなく飛び立っていってしまった。

俺の眷属たちって本当に血の気が多いよな。いつも諜報や哨戒ばかりさせているヤタだけど、今後何かストレス解消の手段を探してやった方がいいのか？

そんなことを考えつつ、そろそろ今日の農作業を終えようとしていた時、魔王国の馬車の隊列が城塞都市に到着した。

護衛に守られた馬車は、俺が魔王国へ貸し与えた建物に向かっていく。

この建物は普段、第二王子のダーヴィッド君が使うことが多いので、それなりに見栄《みば》えする建物に作ってある。まあ、俺の使ってる城も、セブールやリーファに権威を示せと言われて、無駄に立派に作らされたんだけどさ。

とにかく、魔王国一行が到着しようと、俺の仕事は変わらない。話し合いはセブールに丸投げだからな。

そう思って農具や自分に浄化の魔法を掛けていたら、なぜか例の馬鹿王子バーグが、お供の部下もなしに魔王国の屋敷から出てきた。

うん？　あっ、目が合っちゃった……俺の方に近付いてくるな。

その後ろからは、ダーヴィッド君が慌てて追いかけてきている。

そういえばダーヴィッド君とは一応面識があるけど、あの馬鹿王子は俺を知らないんだよな。俺の方は、姿を消して一方的にバーグを眺めていたけど、向こうが俺に会うのは初めてのはずだ。

「おい！　そこのオマエ！」

その第一声がこれか……

うん。ダーヴィッド君が青い顔しているな。ダーヴィッド君は、俺がセブールの主人だって知っているからな。

おっ、イグリスも慌てて魔王国の屋敷から駆けだしてきたぞ。

なんかひと悶着《もんちゃく》ありそうなので、俺は念話で眷属たちに、バーグは放置でいいと伝える。

眷属たちがキレたら、バーグなんてプチッと殺しちゃうからな。

まぁでも、俺が少し相手するくらいはいいだろう。久しぶりにバーグが喚き散らしているのを眺めるのも一興だ。

「あ、兄上！」

ダーヴィッド君が青い顔をしながら、バーグの腕を掴んだ。

「なんだダーヴィッド！　邪魔をするな！　あの男に竜のいる場所までの案内をさせるだけだ」

「い、いやっ、だからっ！」

その光景をニヤニヤしながら見ている俺に気付き、ますますダーヴィッド君の顔色が悪くなる。

「バーグ王子！　ふらふら出歩かないでください！」

「まっ!?　ちょっ！　引っ張るなイグリス！」

そこに魔王国の武官の長イグリスが駆けつけて俺に会釈し、バーグを強引に引っ張っていく。

イグリスとダーヴィッド、それと遅れて駆けつけた数名の護衛たちに引きずられていくバーグ。

とてもじゃないが、王子に対する扱いじゃないな。

「シグムンド殿、うちの馬鹿王子が申し訳ない」

そう言って眉間《みけん》に皺《しわ》を寄せて話しかけてきたのは、魔王国の文官の長アバドンだった。

「いや、俺は全然問題ないよ。眷属たちが我慢できなくなる可能性はあるけどな。それより自国の王子を馬鹿呼ばわりはダメなんじゃないのか？」

「いえ、魔王国は実力主義の国なので問題ありません」

「そ、そうなんだ……」

味方のはずの自国の有力者からのあんまりな評価に、思わずバーグに同情してしまった。

「それで、馬鹿王子のことはさておき、我らも黄金竜様にご挨拶に伺いたいのですが、可能でしょうか？」

「それは、草原地帯を開発で騒がせるから、その挨拶をしたいって意味かな？」

「はい」

確かに、城塞都市から岩山の城までの間を、農地として大々的に開発するとなると、オオ爺サマにも一言断っておく必要はあるか。

とはいえ、オオ爺サマはそんなことくらい、気に留めないって感じもするがな。

何せ、創造神が地上に遣わした古竜の長だ。基本的に善性の存在だし、人間の営《いとな》みにいちいち目くじら立てることもないだろう。

だけど、まあアバドンの心配も理解できる。オオ爺サマをはじめ、古竜の持つ威圧感はこの世に存在するすべての者に畏怖を抱かせるからな。機嫌を損ねたくないと本能的に考えるのは、やむをないのだろう。

「了解。まあ、顔合わせは必要だろうから、俺が案内するよ」

俺はアバドンにそう伝え、魔王国でオオ爺サマに挨拶したい者を連れてきてもらうよう頼んだ。

俺の方のお供は、セブールでいいか。

リーファはお留守番の方がよさそうな気がする。バーグに色目を使われたり、セクハラされたりしたらブチ切れそうだし。

俺もそんなリーファを止める役をするのは嫌だよ。だって怒ったリーファ、怖いもん。

しばらくその場で待っていると、アバドンがバーグとダーヴィッド、それに護衛のイグリスたちを連れてやって来た。なので早速、オオ爺サマの所へと案内する。

城塞都市の東門を抜け、少し歩くとオオ爺サマの巨体が見えてくる。

城塞都市の孤児院の子供たちは、オオ爺サマに遊んでもらうのが大好きだから、子供たちが遊びに行くのに不便じゃない程度の距離にいてくれるんだよな。

「おい！　俺は次期魔王だぞっ！　馬車を用意しろっ！」

まあ、そんな僅かな距離を歩くことさえ嫌がる奴が、一人だけいるんだけどな。

「はい、はい。黙ってしっかり歩いてくださいね。それと次期魔王ではなく、次期魔王候補ですよ」

「なっ!?　アバドン！　お、お前っ！」

「兄上、置いていきますよ」

「ダーヴィッド！」

だが、そんなことを喚くバーグは、アバドンやダーヴィッド君から適当にあしらわれている。イグリスたち護衛なんて、視線を向けすらしない。

こんな状態でいいのか、第一王子。

アバドンの話によれば、バーグは今回の話し合いに勝手についてきたらしい。

ダーヴィッド君は魔王国側から今回の話し合いのメンバーとして選出されたのに、自分には声も掛けられなかったことに焦ったみたいだ。

ついてきたからって、こんな扱いされてるんじゃ、意味ない気しかしないけどな。

そうこうしてるうちに、俺たちはオオ爺サマの巨体のすぐ側までたどり着く。

「おお、あの御方が黄金竜様ですか」

「神々しいお姿ですね」

「ああ、抑えているんだろうが、それでもその存在のすごさが分かるな」

アバドン、ダーヴィッド君、イグリスがオオ爺サマの巨体を見て感動の言葉を漏らしている。

もう、ヤイヤイと文句ばかり言って騒ぐバーグは、いない者とすることに決めたみたいだ。

「オオ爺サマ。少しいいかな」

俺がそう声を掛けると、オオ爺サマがアバドンの姿に気付く。

『おお、シグムンド殿。ふむ、そちらは初めて見る顔じゃの』

「私は魔王国で文官の長をしている、アバドンと申します。黄金竜様とお目にかかれて光栄です」

『なに、畏まる必要はないぞ。ワシは、役目を終えてのんびりと過ごすジジイじゃからの』

「いえ、我ら魔族にとって、古竜様方は神にも等しい存在ですから」

この中でイグリスとダーヴィッド君は、何度か草原地帯と魔王国を行き来しているので、オオ爺サマとは面識がある。

初対面のアバドンは丁寧に挨拶をしているが、一方同じく初対面のバーグはというと……目を見開いたままカチコチに固まっていた。

なんなんだその反応？　バーグにとっては、オオ爺サマの神聖な魔力が威圧みたいに感じられるのか？

だが、オオ爺サマが畏怖の対象であるというのは、魔王国の全員にとって共通の認識らしい。

オオ爺サマがもっとフランクに接してくれていいと言っても、アバドンたちの緊張は全然解けなかった。

アバドンたち魔王国の人間が、ここまでオオ爺サマを畏怖するのは、魔族の種族としての気質が関係しているらしい。

魔王国は、武力至上主義。国で一番強い者が王になる国だからな。

圧倒的な力の象徴である古竜を目にすれば、自然と畏まってしまうということらしい。

その後、アバドンは緊張しつつも、草原地帯の開発についてオオ爺サマに許可を得たいと説明していた。

だけどその説明を聞いて、オオ爺サマは首を捻る。

『うーむ。それはワシに話す必要はあるのかの？　ここはシグムンド殿の縄張りじゃろう』

オオ爺サマ的には、ここにバカンスに来ている感覚だからな。

だけどアバドンたちとしては、万が一にも古竜と揉め事を起こすわけにはいかないと必死なんだろう。その立場や考えは俺にも理解できるので、オオ爺サマにアバドンの発言の意図を解説することにした。

「草原地帯を開発すれば、人が増えるからな。オオ爺サマが煩わしい思いをしないかって、魔王国は心配しているんだよ」

『ふむ。人間が増えたくらい、気にもせんよ』

だけど俺の話を聞いても、オオ爺サマはあっさりとそう言うだけだった。

まあオオ爺サマとしては、人間がいくら周りをチョロチョロしてようが、スケールが違いすぎて気にもならないんだろうな。

というわけで、一応オオ爺サマから開発の許可が取れたような感じで、魔王国とオオ爺サマとの対面は終わった。

結局、バーグはオオ爺サマとまともに会話することもなかったな。

その後、セブールが遅れて俺たちに合流した。そのセブールも一緒に、全員で魔王国の馬車に乗せてもらい、今度は岩山の城周辺の視察へと向かう。

ただでさえオオ爺サマにびびっていたバーグだが、セブールが来て更に顔を青くし、おとなしくなっていた。セブールがよっぽど怖いんだろうな。

こうして馬車で草原地帯を巡り、以前来た魔王の時と同じく、俺が開拓した場所を見てもらった。

アバドンたちにとっては、古竜との邂逅が吹っ飛びそうなくらいの衝撃だったらしい。

俺が生み出した岩山とか、その岩山の上の城とか、城までのエレベーターとか、綺麗な状態が保たれる街道とかを見ては、いちいち感激したり、驚愕したりしていた。

まあ、そんなにいい反応をしてくれるのは、一生懸命作った甲斐があるんだけどさ。

魔王国から来る奴来る奴、全員まったく同じ反応をしてくるから、いい加減そのリアクションにも飽きたかな。

ちなみにバーグは、ずっと馬車の中に座っているだけだった。

バーグの奴、オオ爺サマに会ってからずっとカチコチになったままだったな。一体なんのために来たんだか。

十五話　自治都市

視察の翌日。俺は魔王国との会談をする予定のセブールに相談を持ちかけられた。

ダーヴィッド君やアバドンたちが、相変わらず俺の功績に対する報酬を、どうするか悩んでるみたいなんだ。だから、俺にどうしたいか決めてほしいってことらしい。

もう別にいらないんだけどな、報酬。

俺としては、聖国みたいな利に目がくらんだ奴らが草原地帯に来て、騒がしくされるのはゴメンだ。けど、普通に農地で労働したい真面目な人たちがやって来る分には、なんの問題もないし、その手助けをするのも、趣味の一環って感覚だ。

でもまあ、魔王国も国としてのメンツってものがあって、報酬をくれないわけにはいかないんだろう。

「もう、いっそのこと報酬として、移住した流民たちを正式にうちにもらうか……？」

「それは、いいかもしれませんな」

俺がボソッと呟くと、セブールがそう言って同意してくれた。

実はこの草原地帯の住民について、ずっと気にかかっていることがある。

城塞都市の住民は、もとは西方諸国の民だった者が、食うに困って魔王国に移住したという流民たちだ。そしてその流民たちを魔王国が篩《ふるい》にかけ、この城塞都市に移民として運んでくるというのが、現在の状況となっている。

つまり何が言いたいかというと、城塞都市の移民たちって、西方諸国の国民でもなければ、魔王国の国民でもないという、宙ぶらりんな状態になっているんだ。

その上、この草原地帯は俺の別荘地みたいなもので、国でもなければ、領地でもない。

だから、移民たちは草原地帯の民だと名乗ることもできない、国を持たぬ難民となってしまっているんだ。

けどこの城塞都市の移民たちは、傍から見たら、もう俺の国民と捉えられているんじゃないか？

だから、移民たちの身分をはっきりさせるためにも、移民たちを正式に俺がもらい受けるという申し出を、魔王国にしてもいいかもしれない。

まあ、それだけで自動的に移民たちが、俺の国の民となるわけじゃないけどな。

いくらこの異世界でも、どこの国の民となるのも自由、勝手に国籍を変えていいなんてルールはない。西方諸国の流民に関しては、自国で厄介者となるいらない民だから黙認されているにすぎないんだ。

「孤児院の子供たちのためにも、最低でも自治都市であると西方諸国連合に認められるのはいいことです」

セブールは俺の考えてることを理解してくれてるみたいで、そう言ってきた。

そのためにはせめて、俺が今までの曖昧《あいまい》な立場をやめて、正式に草原地帯を領土として主張する必要があるだろうな。

「となると、うちは自治都市として名乗りをあげた方がいいのか？」

「そうですな。一つの城塞都市を国として認定しているような都市国家が、西方諸国には実存します。そしてこの草原地帯は、魔王国の協力ありきですが、現状でも自治都市と言えなくもないですから」

だけど、草原地帯には住民はたくさんいるものの、自治体としての仕組みはまだまだ整っていない部分も多い。たとえば、税の徴収や移民の名簿の管理なんかは、全部魔王国に丸投げしてしまっている。これじゃ魔王国に、代官を任せているようなものだ。

「自治都市となるには、今のままの体制じゃまずいよな……」

「ゆくゆくは、ここの住民から政治向きの人材を雇用する必要があるでしょうな」

「ダーヴィッド君をスカウトしたい気もするが、ダーヴィッド君は次期魔王になった方がいいしな」

「なら文官を何人か、魔王国からスカウトしますか」

「だな」

しかし、実際ここを国家として運営するとなると、必要なことは山積みだ。

孤児院の運営、戸籍《こせき》管理、教育、農業、交易、治安維持、あと外交窓口の設置ってところか。指折り数えていると、頭が痛くなるな。政庁となる建物も必要になる。けどまあ、それは俺が今使ってる城塞都市の城でいいだろう。

「文官の人選はセブールに頼るしかないんだが、魔王国から探すなら話を通しておかなきゃな」

「ええ。優秀な人材を引き抜くのですから、魔王陛下にも話を通しておくのが理想ですな」

本当は国を治めるとか面倒なことは勘弁してもらいたいんだが、孤児院を作って子供たちを受け入れた時点で、どうしたってこうなるのは仕方なかったんだろう。

「じゃあ、その方向で魔王国に相談してみてもらえるか？」

「はい。では、ダーヴィッド殿下やアバドン殿と話を詰めます」

話が決まったら、いろいろと建物を作らないとだめだな。まずは建材の輸入でもするか。

◇

そして、数日後。今日は魔王国との話し合いを進めるため、セブールがダーヴィッド君やアバドンたちと会談をしている。

俺？　俺は参加する予定はない。いつも通りセブールに丸投げだよ。

それで俺が何をしているかというと、いつものように畑仕事をした後、リーファ、ミル、ララを連れて、オオ爺サマのご機嫌伺いに来ている。つまり、お茶を飲んで世間話だ。

「お兄ちゃん、ケーキは？」

「ケーキ！　ケーキ！」

「はい、はい。慌てないの」

はしゃぐミルとララをなだめながら、空間収納からテーブルセットを取り出す。

『フォフォフォ。幼い子供は無邪気でいいのお』

オオ爺サマはお茶は飲めないけど、ミルたちの様子を楽しげに見守っている。

その横でリーファが、アイテムボックスからティーセットとケーキを取り出して並べてくれた。

「はい。ゆっくりと食べるのですよ」

「ありがとう、お姉ちゃん！」

「ありがとう！」

リーファにケーキをもらって、ミル、ララは大喜びで食べ始める。

俺もリーファに淹《い》れてもらった紅茶を飲みつつ、座ってくつろぐ。

はぁ、草原を抜ける風が気持ちいいなぁ。

土を耕し、合間に野外でお茶を飲む。贅沢《ぜいたく》で幸せな時間だな。

◇

私――セブールは、旦那様の代理で魔王国との話し合いの場に来ています。

「つまり、国を興《おこ》すのですか？」

私が今後城塞都市で移民の戸籍を作り、徴税を行いたいといった要望を伝えると、ダーヴィッド殿下から、そう確認されました。

「いえ、ダーヴィッド殿下。国とまでは言えないでしょう。せいぜい自治都市といったところです」

私はダーヴィッド殿下に、自治都市についての次のような構想をお話ししました。

移民の人選はこれまで通り魔王国にお願いし、その代わりとして、引き続き魔王国に販売する農作物や塩の価格を抑えること。移民への税は初年度時点では免除し、翌年から収穫量に応じて課税すること。

「農地の開拓についてですが、魔王国から人員を出しましょうか？」

私の説明をひと通り聞いた後、魔王国の文官のトップであるアバドン殿が口を開きました。

「いいえ、必要ありません。だいたい草原地帯は、魔王国から人を送るには遠すぎますから。農地の開拓と水路の設置、住居の用意までは旦那様が行います」

「先ほど、セブール殿は自治都市とおっしゃっていましたが、草原地帯入り口から岩山の城までを領土とするなら、十分国家と呼べるのではないですか？」

今度はダーヴィッド殿下が疑問を呈されました。

「確かに面積でいえば西方諸国の小国並の広さでしょう。しかし国家と名乗るとうるさい国がありますからな」

「「ああ……」」

理由を匂わせると、ダーヴィッド殿下もアバドン殿も納得してくれました。

「確かに、草原地帯に国家が樹立したとなれば、ジーラッド聖国は黙っていないでしょうな」

「まったく、あの国は……」

アバドン殿はため息まじりに問題となる国の名を言い、ダーヴィッド殿下は顔を顰めています。

魔王国ほど、聖国に迷惑をかけられている国はないですからな。

とにかく、自治都市の設立について、ここにいるお二方からは同意を得ることができました。

実際自治都市を名乗るかについては、魔王陛下や宰相デモリス殿からの回答を待つ形となりますが、自治都市の設立を宣言したあかつきには、聖国以外の西方諸国連合に、魔王国が根回しをしてくださるそうです。

これでこちらの要望が通れば、旦那様の功績に対して不均衡だった利益の配分の問題が、ようやく解決しそうですな。

その点については、アバドン殿もダーヴィッド殿下も安堵しているようです。

これで魔王陛下も肩の荷が降りるでしょうな。旦那様に借りがある状態は、恐ろしいでしょうから。

十六話　草原地帯への移民

シグムンドが本腰を入れて、草原地帯の体制を整えようと決めたのと同じ頃。西方諸国の草原地帯寄りの国々では、一般の国民にある噂が流れていた。

それは草原地帯に、城塞都市が出現したという噂。

通信技術や情報伝達技術が発達していない世界なので、草原に城塞都市が出現するというありえない出来事が起きても、情報が広まるには案外時間が掛かるのだ。通信の魔導具なども存在するが、それを持つのは国家やギルドなどに限られている。

しかし一般の国民たちが情報に疎《うと》い一方で、西方諸国の国家の重鎮たちは、城塞都市についてすでに知っている者がほとんどだった。

魔王国が西方諸国に根回しを行い、草原地帯に超越者が現れたことを伝え、友好関係を築くよう訴えたためだ。

なので、西方諸国で国家運営を担っている者たちは、できるだけ草原の支配者——シグムンドが与えてくれる恩恵を受けようと、情報を集めたり、交易関係を結べないかと動きだしたりしている。

そしてこういった西方諸国の上層部の動きによって、徐々に徐々に一般の国民たち、更には明日の食料にも困っているような最下層の民たちにも、草原地帯の情報が届き始めた。

◇

ここは、西方諸国連合に属する小国、ウラル王国。

貧しい身なりの男たちが、噂話をしている。

「おい。聞いたか？」

「何をだ？」

「草原地帯の話だよ」

ウラル王国は、大陸の中央にある山脈に接している。このため、山脈から吹きおろす風の影響で土地が乾燥し、砂漠が広がっていた。

国土的にも資源が貧しく、鉱石が採れる場所はどこにもない。

資源どころか、岩塩から採取できる塩を国内に行き渡らせるのにも精一杯で、西方諸国連合でも特に貧しい国だ。

そんな恵まれないウラル王国ではあるが、最近少しだけ活気が出ている。

草原地帯を、魔王国からの商隊が往復するようになったからだ。

大規模な商隊ではないが、魔王国第二王子であるダーヴィッドが隊列に加わることもあるので、同行している護衛の人数はそれなりに多い。となれば、道中で滞在する場所に落とすお金の額は、馬鹿にできないものになる。こうしてウラル王国は、交易路としての恩恵を得るようになったのだ。

また、商隊に加わっている者たちが滞在する場所で草原地帯の話をするため、西方諸国に、草原地帯の噂が広まる原因となっていた。

こうして貧しい身なりの男たち――ウラル王国の農民は、自分たちが仕入れた噂話を続ける。

「草原地帯に広大な農地があるって話だそうだ」

「馬鹿言うな。草原地帯に農地を作って定住なんてしたら、深淵の森から魔物が出てくる。奴らの餌になるだけだ」

「だがもし、本当に飢《う》えない農地があるなら……」

先ほども述べたがウラル王国の土地は貧しいので、自分たちで耕作をしても、食料にすら困っている貧民がたくさんいた。

彼らの望みは、貧しい生活から抜け出すこと。

少しでも不作になると餓死者《がししゃ》が出るウラル国では、最下層の生活をせざるをえない者が多い。なので、草原地帯にすぐ移り住もうと考えるのは、本来であれば正しい。

だが長い歴史上、草原地帯を統治することができた者はいない。それだけ草原地帯に接する深淵の森が、この世界に生きるすべての人たちにとって脅威だったからだ。

よって草原地帯の噂話を聞いても、多くの者は躊躇してしまう。

今話している農民の男二人も、それは同じだった。

「もし草原地帯に農地があったとしても、俺たちが必ずそこで暮らせるってわけじゃないだろう。農地の空きがあったら、誰かに先を越されるに決まっている。夢は見るな。よけいに辛くなるぞ」

「…………」

農民二人は、黙り込んでしまった。

ところが、こんな風に無気力になっている貧しい民の多いウラル王国で、ある出来事が起きようとしていた。

それは魔王国による、草原地帯に移住する農民の募集だ。

◇

俺――シグムンドは、セブールから移民募集についての説明を聞いている。

「へぇ、ウラル王国から集めるのかぁ。しかし、ウラル王国って行ったことない場所だな」

「ウラル王国は魔王国と草原地帯の中間辺りにある小国ですな。今回の移民は魔王国の流民からではなく、ウラル王国から直接募るとのことです」

セブールによると、ウラル王国の困窮《こんきゅう》を見かねて、魔王国が助け船を出すってことらしい。

「ウラル王国は貧しい国ですが、ここ最近は魔王国のキャラバンが定期的に通過することから、ほんの少し景気が上向きました。とはいえ、貧しいことは変わらぬ国です。山脈から吹く乾いた風のせいで、土地は砂漠ばかり。農地に向く場所はごく僅かですな」

「大きな河川はないのか？」

「ありませんな。国境を越えなければ、大きな河川は存在しないのです」

「へえ、それでよく国として成り立ってるな」

セブールの話を聞くと、どうしてそんな場所に国なんかあるんだと思ってしまう。

「降水量が多少あるのと、行き場のない弱き民が集まってできた国だからでしょうな」

「ふーん」

セブールの話では、雨が少ないわけじゃないので、溜め池をたくさん作ってなんとか農業をやってるらしい。歴史としては、昔ジーラッド聖国に攻撃され、逃亡した先でウラル王国のもととなる国が建国されたんだとか。

「なんか全部の元凶《げんきょう》だな、ジーラッド聖国って」

「はい。ウラル王国はその後、西方諸国連合に加入することで、なんとかやってこれたのでしょうな」

「で、そこからうちへ移民するのって、どんな人たちなんだ？」

「今回は暮らしていけないほど貧しい、農民の親子を予定しています。旦那様、ウラル王国にはスラムがほとんどないのをご存知ですか？　スラムがあるのは王都くらいのものです。他の西方諸国なら、それなりの町であれば珍しくはないスラムが存在しないのです。更に言えば、ストリートチルドレンもいません」

「つまり、困窮した人が路上で暮らしていくのも難しいのか？」

「はい。あまりにも環境が厳しいですからな。だから食うに困るような農民は、野垂《のたじ》れ死ぬほかないのです」

ウラル王国は砂漠地帯が多く、寒暖の差が激しい。だから捨てられた子供が長く生を繋げることが難しい土地なんだ。それは子供だけじゃなく、大人にもいえる。

つまりウラル王国の貧しい農民たちは、放っておくと死ぬか、他国への流民になってしまうかのどちらかってことだ。そういう民を、草原地帯へ移民として受け入れてほしいんだな。

「だけどセブール、ウラル王国も親子連れが流出すると困るんじゃないのか？　貧しいとはいえ、民の数が国の力だろう？」

「厳しい話ですが、貧しい親子はその数に入りませんな。むしろいることで、国力が下がるかと」

「なるほど。じゃあまあ、うちで受け入れるか。しない善行より、する偽善だしな」

「そうですな。それにこれでウラル王国と草原地帯にパイプができれば、ウラル王国は我らから安価で食料を買えます。その物資で経済を立て直し、浮いた予算で農地改革でもしてくれればいいのですが」

「その辺って、ダーヴィッド君に言って協力させればどうだ？　この世界の農業は、土地によってはものすごく遅れてるだろう？　俺が魔法で砂漠地帯を緑化してもいいが、ウラル王国じゃその対価を支払えないはずだ。だけどダーヴィッド君なら、魔法を使わず工夫して農地改革をやるかもよ。俺もアドバイスくらいするし」

そういえば前世で、砂漠の緑化に取り組み、農地を広げてるのを見たことがある。

保水力のない土地に、オムツなんかに用いられる高分子吸収ポリマーを使ってるというニュースだかを見た気がするんだ。ちゃんと覚えてはないが、記憶にある。

もちろん、高分子吸収ポリマーなんてこの世界にはないが、代用できそうな魔物素材ならいくつか浮かぶ。

ダーヴィッド君なら、ヒントを与えれば自分で開発にたどり着くかもしれない。

「いい案ですが、どこが手を貸そうと、どのみち協力への対価が必要です。ダーヴィッド殿下が手を差し伸べたとして、ウラル王国が魔王国に支払う対価もまたありません。その辺をどうするか……」

「ウラル王国を含む西方諸国連合に先代魔王が仕掛けた、戦争の補償としてやってあげるんじゃダメか？　いや、そうなると他の西方諸国も、補償を寄越《よこ》せって主張するだろうしな」

結局、堂々巡りになってしまう。

「本当は、魔王国を含めた西方諸国連合全体で、大陸西側の国々がうまく運営されるよう協力し合えばいいのにな」

俺がそう呟くと、セブールがポンと手を叩いた。

「旦那様、それでいきましょう」

「それって？」

「ジーラッド聖国を除いた西方諸国連合と魔王国で、大陸西側の連合を作るのです」

「国の枠組みを超えた助け合い組織ってことか？　無理だろう」

俺は前世にあった国際連合をイメージしたが、この世界でうまくいくわけがない。ここよりは平和な世界だった前世での国連も、うまくいってたという記憶はないからな。

だがセブールは、満足げに続ける。

「はい。うまくはいかないでしょう。ですが魔王陛下が国連の舵《かじ》を取れば、面白いことになりそうです」

「……まあ、ゆくゆくは魔王国による、侵略でない支配も不可能じゃないか」

「はい」

魔王国によって、俺の知る国連よりも、もっと力と強制力がある組織ができ、大陸の平和という建前《たてまえ》のもとに大陸の西側を掌握《しょうあく》すれば、セブール的には面白いのかもな。

まあ、それはどうでもいいや。

俺は手も空いてるし、ひとまずウラル王国に行って、移民の募集を見物しようっと。俺も移民の選定に、ちょっと関わりたくもあるしな。

十七話　砂漠の貧しい小国

乾いた風が吹き抜け、砂埃《すなぼこり》が舞う。

「……なんか、ピンポイントに乾いた土地だな」

「その辺りは自然環境なので仕方ないですな」

俺とセブールで、そう話しながら進む。

俺、セブール、そしてリーファの三人は、一面に砂漠が広がるウラル王国に来ていた。

今回の移民の募集については、基本的に魔王国に任せてある。セブールがそこに加わり、最終的に判断するんだが、俺も少し噛ませてもらうつもりだ。

俺の土地に移住してくるんだから、俺の裁量でどの移民に移住を許可するか、何人か決めてもいいよな。

ちなみに西方諸国連合の中でも貧しい小国、ウラル王国は、人口はさほど多くなく、国民もギリギリなんとか暮らしているレベルの国だ。

そのウラル王国が、魔王国と草原地帯の交易路になり、景気が少し上向き始めたらしい。

それだけ聞けば、いいことのように聞こえるが、そう簡単な話じゃない。

ウラル王国には、これ以上の人口を支える農業生産能力がない。増えた税収で輸入しようにも、周辺国も食料が潤沢なわけではなく、安く買えないんだ。

「つまり、どう考えても、この国はジリ貧《ひん》なんだよな」

そう呟いたら、セブールが相槌をうってくる。

「何か特産品でもあれば違うのでしょうが、難しいですな」

ウラル王国は資源もこれといったものがないらしい。

まあそんな国だから、周辺国も手を出さないんだろうけどな。地下資源でもあれば、ジーラッド聖国が侵略してくるだろう。あの国は宗教国と言いながら、大陸一好戦的な国だからな。

「ただ、少し調べますと、珪砂《けいさ》はそれこそ捨てるほど採れるようで、硝子《がらす》製品を特産品にできなくもないかと。ただ、硝子の生産方法の確保が問題ですな」

「貧しい国だもんな。それこそ、坩堝《るつぼ》に使う燃料を魔力にでもしないと難しいってことか」

「はい。この国は、薪《まき》にも事欠く国ですからな」

でも俺なら、魔力炉《まりょくろ》を改造して、坩堝に転用するのは難しくない。

草原地帯の城塞都市にある孤児院には、そろそろ独り立ちしないといけない年齢の子供もいる。

だけど現状、城塞都市の治安維持の兵士になるか、農業や酪農《らくのう》をやるかしか選択肢がない。なので、ついでに硝子工房でも作って、そういう子たちの選択肢を増やすのもいいかもしれないな。

「ちなみにこの国は魔導具の開発の面でも遅れてるのか？」

「人族にしては、国民の保有魔力量は少なくありません。だから発展は可能な土地ですが、魔導具より食料が必要な国ですからな」

なるほど、それで産業や特産品が生まれないのか。悪循環という言葉がピッタリの国だな。

「それで移民についての、ダーヴィッド君とウラル王との話し合いはどうなったんだ？」

「ウラル王は自国の民が移住せねばならないことに、忸怩《じくじ》たる思いはあるようですが、背に腹は代えられないということのようですな」

今、移民という対策を取っても、そのうちここで豊かな国に変えることができれば、人口は増加するだろう。まずは、それに耐えられる国作りをするってことだろうな。

「ということは、あとは水だな」

「おお、そうでした。旦那様、水脈《すいみゃく》はどうでした？」

このウラル王国に来るにあたって、俺は地下の水源《すいげん》調査をしたんだ。

ウラル王国の地下水脈だけじゃなく、こっそりいただいてもＯＫそうな、近隣国にある地下水脈も含めてな。

「結果から言うと、かなり大規模な地下水脈があった」

「おお！　それでは」

「まあ、待てセブール」

セブールが喜んでいるが、そんなに簡単な問題ではない。

「そもそも周辺国には大河や湖がいくつもあるんだ。この国だけ避けて水脈が走るなんてことは普通ない。なのにここだけ砂漠なのは、理由があると思わないか？」

「……岩盤でもありましたか？」

「いや、それがよく分からないんだ。何かが水脈を妨《さまた》げてるのだけは確かなんだが、それが何かまでは分からなかった」

「旦那様なら、岩盤くらいなら問題にならないのでは？」

「そうだな。もし岩盤でもあって水脈を妨げてるなら、魔法でなんとかできる。そこそこ大きな湖を作ってもお釣りが来るはずだ」

「湖を作るとしたら、ダーヴィッド殿下と相談ですな」

「だけど、ウラル王国に対価がないから、俺の魔法は使わない方法でいくんだろ？」

「そうでしたな。ですが、対価の不要なレベルの手助けくらいなら構わないのでは？」

「そうだな。俺なら水路の工事くらい、一日で終わるはずだしな」

ウラル王国は大陸の南寄りにあるので、気候的には悪くない。とにかく水さえあれば、農業などを発展させることは可能だろう。

「とにかくどんな手段を取るにしろ、交易路となったウラル王国が安定すれば、魔王国と城塞都市のためにもなりますからな」

「あとはジーラッド聖国が、よけいなちょっかいかけてこなけりゃいいな」

「そうですな」

実はウラル王国には、他の国では珍しくないはずの、ジーラッド聖教会が存在しない。なぜなら、ウラル王国が貧しいから。

国全体が貧乏なウラル王国では、お布施《ふせ》を期待できないからなのは、誰の目にも明らかだ。だけど、あからさますぎて笑えるな。

「どうせ景気がよくなれば、聖国は教会を建てろって言ってくるんだろうな」

「はい。しかも教会の建設資金はウラル王国が持てと言うでしょうな」

「正気の沙汰《さた》じゃないな。そういえば、先日ダーヴィッド君たちの馬車が、暴漢に襲われていたけど、今回も魔王国が西方諸国での移民選別となると、聖国の刺客《しかく》が目ざとく狙ってくるかもな」

「しばらく、ヤタにウラル王国を重点的に警戒するよう指示しておきます」

「ああ、頼むよ」

ヤタなら安心して任せられるな。従魔の中では、哨戒や諜報がメインのヤタだけど、戦闘力が低いわけじゃない。聖国の刺客程度なら、相手にしても何も問題ないだろう。

そうこうしてるうちに、移民の面接会場に着いた。

ウラル王国は小国ではあるが、それでも遠方から王都に来るのは難しい。本当に生きていくのに困っている人たちが、藁《わら》にも縋《すが》る思いで集まっているようで、移民の人数はそれほど多くないみたいだ。

そうはいっても千人くらいは集まっているな。まあ数万人規模で来られるとさすがに困るので妥《だ》当《とう》なところだ。

ただ、中にはおかしな奴が交ざっていた。

「なぁ、あいつらって、本気で選ばれると思ってるのかな?」

セブールに聞いたら、セブールも呆れた様子で言う。

「旦那様、あやつらは気付かれてないと思っているようですぞ」

移民希望者には、それなりの年齢の単身の男が多くいた。

だけど、移民希望者に働き盛りの男性がいるなんて、どう考えてもおかしいだろう。この年齢の男たちが食い詰めるなんて、普通ないはずだ。

ちなみにセブールが貧乏な親子の農民だけを募るとかなんとか言っていたが、結局それ以外の移民希望者も、普通に来てるみたいだな。

「ご主人様、お茶をどうぞ」

「ありがとう。リーファ」

リーファがどこからともなくお茶を淹れてきてくれてたので、それを飲んでひとまず落ち着こう。

俺はその場の移民ざっくりと鑑定しながら、ダーヴィッド君を手伝い、移民の名簿に丸バツをつけていく。

実は、鑑定である程度、相手の人となりは分かるんだ。

特に怪しそう奴は、詳細鑑定にかける。そうすれば、細かな情報も分かるからな。

で、働き盛りの年齢層で、単身の男たちはもれなく間諜《かんちょう》、いわゆるスパイってやつだった。

しかも、ウラル王国出身の人間は少ない。ウラル王国の周辺国が、草原地帯や俺のことを探るために諜報機関を動かしたんだろう。

まあ、そんな奴らは全員落とすんだがな。

「潜入なら家族に偽装してとか、考えないのかね？」

「……そういえば、基本的に諜報を担うのは単身の男ですな」

「女の間諜とかいないの？」

「存じませんな」

女スパイはいないみたいだ。

ちなみに魔王国に女兵士はいるが、魔王国の諜報機関に女性はいないそうだ。前世では女スパイがハニートラップとか、あるあるだったんだけどな。

「おっ、あの家族は丸っと……」

「……旦那様。どうしてあの家族を？　こう言ってはなんですが、まともに働けそうにないのでは？」

セブールが言うように、俺が丸をつけた家族は、お父さんもお母さんも痩《や》せている。農作業に耐えられるのかと、疑問に思うのも当然だ。

おそらく彼らは、この場所に来るのも必死だったんじゃないかな。

だけど移民には、この国に残っていても野垂れ死にするしかないような、こういう人を選ばないと意味がない。

「まともに働けなさそうだからだよ。ていうかセブールも、魔王国からそういう人たちを移民として募るって聞いてたんじゃないのか？」

「そうでしたかな」

「おっ、あの家族も丸だな」

「……旦那様、あの家族、おそらく母親が重い病ではありませんか？　それに下の子供もでしょうか？」

「正解。でも俺なら治せるからな」

最初の痩せこけて働けそうにない家族には、食べ物を与えて回復魔法を掛ければ、すぐに人並の体力になるだろう。

母親と小さな子供が病気の家族も、俺が回復魔法で癒《いや》せば済む。

何も訳あり物件だけを選んでいるつもりはない。

ダーヴィッド君が合格を出した人たちも、移住にＯＫは出すつもりだ。もちろん、一応鑑定で確認するけどな。

「この国の国民性なのかな？　真面目で働き者の家族ほど苦しい生活をしてるみたいなんだよ」

「いえ、どこの国でも正直者は割を食うようです」

「そんなものか。でも、そんな人たちこそ、草原地帯の住民にふさわしいだろ？」

「そうですな」

そこからは、全員を詳細鑑定すると時間が掛かるので、落とされたら生きていけそうにない家族を中心に見ていった。

孤児院を出なきゃいけない年齢の子供たちや、成人前後の少年少女は、ざっくり鑑定したあと全員合格にしておこう。

そして残るのは、各国の諜報員たちだ。

「あの男なんて、それなりの実力のある諜報員だろうに」

「あの容姿と年齢で、周りの貧しい農民に溶け込んでいますな」

俺とセブールは苦笑いするしかない。

それだけ草原地帯の件は、各国にとって重要な案件という認識なんだろうな。

ただ、これは俺の認識がおかしいのか？

「なぁ、セブール」

「はい。何かご用でしょうか、旦那様」

「不合格が半分って、多くない？」

「……間諜以外にも、裏の組織からの人員やゴロツキ、真面目に働きたくない半端者も交ざっていたようですな」

そう、千人ほど集まった移民希望者の中で、俺たちと魔王国の担当者が合格判定を出したのは、およそ半数しかいなかった。

各国からのスパイだけじゃなく、裏稼業の者や町のゴロツキ、オマケにニートまで交ざっていたんだ。この世界にもいたんだなニート。どうやって生活してたんだ？

「まあ、いいか。不合格者は放っておいて、合格者に、消化のいい食べ物を配ってあげよう」

「消化がいいことは大事ですな。飢えのひどい者に、いきなり普通の食事をさせては、毒と同じですから」

そうそう。セブールが言うように、食事が原因で死ぬこともあるっていうから、気を付けないとだ。

◇

その男――ウラル王国の民、ダンは、農家の三男に生まれた。

他の西方諸国であれば、農家の三男であっても土地がもらえることは稀《まれ》にある。

しかし貧しいウラル王国で、それはありえない。

そうなると農家の末子《まっし》たちに残される道は、小作農として働くか、冒険者の道を歩むか、開拓地を目指すかくらいしかない。

学のない農家の末子たちが、役人になるための試験に受かるわけもないし、兵士として雇ってもらえるのは、武芸の才能のある一握りの者だけだ。

ウラル王国ですべての国民に対して、初等教育が無料で実施されるといった政策でもあれば、農家の末子たちでも、商人や役人など他の道も選べたかもしれない。

だが貧しいウラル王国に、そこまでの余裕はなかった。

そのためダンは、開拓村に参加した。

小さな頃に、将来を約束した幼馴染《おさななじみ》――マールと一緒に。

マールもダンと同じ、貧しい村の農家に生まれた。マールも食べていくアテがなく、このままでは親によって、人買いに売られる未来が待っていた。

マールはそれならばと、ダンと駆け落ちするように村を飛び出したのだ。

ウラル王国では、少しでも食料生産を上げるため、土地の開拓を推奨している。

しかしそれがうまくいくなら、ウラル王国はこれほど貧しくはない。開拓村を十個作ったとして、一つ残ればいい方だった。

そしてダンとマールの参加した開拓村も、国の補助を受けている期間はなんとか保《も》ったのだが、その後、運悪く数年に一度の冷害に見舞われ、村が立ち行かなくなってしまう。

二人の子供を授かり、貧しくも幸せに暮らしていたダンとマールは、窮地に立たされる。

このままでは、幼い二人の子供——ジーン、フランもろとも、飢えて死ぬ未来しかない。

そんな時、国から草原地帯への移民募集が、開拓村に布告された。

ウラル王国は、このまま放置すると村が全滅して廃村となりそうな開拓村を中心に募集をかけていた。

開拓民にとっては、噂の草原地帯で、心機一転やり直せるかもしれない機会となる。

こうして移民募集の会場に向かったダン一家。

だが集まった移住希望者の人数を見て、ダンは途端に不安に襲われる。

「ダン、大丈夫かしら」

妻のマールも、不安げに聞く。

「……分からない」

「とうちゃん。おなかすいたよぉ」

長男のジーンがそう訴える。

妹のフランは衰弱《すいじゃく》がひどく、マールに抱かれたまま声も出さない。

しかしそんなダンたち家族に幸運が訪れた。

「……かあちゃ、おなかすいた」

「ッ⁉　フラン！」

看取《みと》る覚悟をしていたフランが、目を開け空腹を訴えたのだ。

それと同時に、なぜかマールの体にも力が戻る。

実はこれは、シグムンドがコッソリと魔法による癒しを行ったおかげなのだが、ダンたち一家は気付かない。

ダンは、マール、ジーン、フランを抱きしめ、この奇跡に感謝する。「ああ、もしかしたら、救われるかもしれない」と。

シグムンドによって、善良な人たちが救われた瞬間だった。

◇

俺――シグムンドは、ダーヴィッド君に席を外すと告げ、不合格者の中で、特にひどい不穏分子《ふおんぶんし》の排除に動くことにする。

「セブール、リーファ、合格した人たちに食事を頼む。俺は、ゴミを処分してくるよ」

「分かりました。お任せください旦那様」

「ご主人様。お気を付けてください」

セブールは強制排除するまでもない不合格者を監視し、リーファは魔王国の人間と一緒に合格者に食事を配給している。

俺はさっき、合格した移民に魔力によるマーカーをつけていき、マーカーがついている対象に、まとめて回復魔法を掛けていった。

使った回復魔法は、怪我や病気を癒す魔法だけど、体力を回復する効果もあるものだ。

弱っていた移民たちが元気になり驚いているのを横目で確認しながら、俺はもう一種類のマーカーをつけた不合格者の奴らに対しまとめて「影牢《かげろう》」を発動する。

影牢はその名の通り、影で牢を作って閉じ込める魔法だ。空間魔法とは違い、生物の捕縛に適している。

なおこの魔法は、前使った影檻と効果は何も変わらない。俺の魔法の名前は、その時の気分とノリで適当に言っているだけだからな。

影牢によって、その場から百人ほどの人間が突然消えるが、幻術も同時に掛けているので、騒ぎになることはなかった。

「しかし百人って、どれだけ送り込んでるんだよ」

俺が捕まえた百人は、この移民の面接を潰すことを企んでいた奴らだ。

裏組織の構成員、ゴロツキ、ただ潜《もぐ》り込もうとしただけの各国の諜報機関の人間は、この百人には含まれない。そんな奴らは、ダーヴィッド君や俺たちのチェックで弾《はじ》き、城塞都市に入れなきゃいいだけだからな。

ただ、影牢で監禁した奴らは無差別テロを計画してたのが、さっきの鑑定で分かったんだ。

移民が集まるこの場所で無差別テロを行い、魔王国とウラル王国の関係にヒビを入れたかったのだろう。ということはこの百人の大部分は、ジーラッド聖国の奴らと、金で雇われた裏組織の人間だろうな。

そして実は、この百人には含まれていないが、魔王国からも、間諜を潜《もぐ》り込ませようと人員を送り込んだ奴もいるみたいだ。

草原地帯への移民はダーヴィッド君が責任者となっているが、それが面白くない魔王国の有力者もいるってことだろうな。

ただ、あまり頭はよくないみたいだ。魔族を送り込むな。魔族を。魔族は脳筋で大雑把なんだから。

それに、この国に魔族ってのは目立ちすぎだ。魔王国と国境を接する国ならまだ魔族が住んでいる可能性も僅かにあるが、このウラル王国にはいないだろう。

もちろん、こういったあからさまに怪しい魔族たちは、ダーヴィッド君に面接以前にはねられているんだけどな。

さてと、話を戻そう。影牢で監禁したテロリストについてだ。

こいつらをどうするかは、後でセブールに相談だな。影牢にあまり長い時間閉じ込めると、精神ダメージが激しいからな。

面倒だが、魔法で眠らせておくか。

十八話　オアシスの魔導具

それから俺は影牢に閉じ込めた奴らを連れて、いったん魔王国に転移し、まとめて引き取ってもらった。

どうなるかは不明だが、魔王国では犯罪奴隷《どれい》となるので、何かには使えるだろう。

さて、移民の選抜も一段落したので、この機会にウラル王国を見てまわるか。

どのみち、そのうち水脈とかの問題に対応したいとは思ってるしな。国内をウロウロしたら、多少なりヒントが見つかるかもしれない。

「貧しい国ってのは分かってるけど、どこか観光にいい所はないか？」

せっかくなんだからとセブールに聞いてみると、お勧めの場所があるらしい。

「それなら面白い町がございますよ」

「へぇ、どんな場所だ？」

「古代文明時代の魔導具により水を生み出し、オアシスとなって栄えている町がございます。オアシスや町自体は大きくはありませんが、非常に美しい場所だと聞きます」

「いいな、行ってみるか。リーファもどうだ？」

「はい！」

リーファに聞くと、かなり行ってみたいのか、いい返事だった。

そこで早速、俺、セブール、リーファで、いったん面接をした王都を離れる。

そして国内に広がっている砂漠地帯を進み、砂丘を越えた先にあるオアシスの町「ワーテル」へと向かった。

「旦那様、あれがワーテルだと思われます」

「じゃあ、この辺りで実体化するか」

「はい」

ワーテルが目視できる距離まで来たところでセブールに言われ、俺たちは実体化する。ここまで、霧に姿を変えて移動していたんだ。

町に入ると、そこには異国情緒溢れる衣装を身に纏った人々が行き交っていた。

「これは、俺たちも服装を変えないと目立つな」

「そうでございますな」

「あっ、あそこに服屋があります」

「じゃあ、着替えるか」

というわけで、俺たちも同じような服装に着替える。

俺とセブールが、白いベドウィンのような民族衣装。リーファは踊り子風の衣装に、日差しを遮る布を纏った。

まるでアラビアンナイトや、アラビアのロレンスみたいだな。

ワーテルの町は、この貧しいウラル王国の中では珍しく、活気のある場所だった。

白っぽい石造りの建物が立ち並び、カラフルな花々が町並を彩っている。

ただ、町の空気がおかしい。その理由は分からないが、セブールもそれを感じたようだ。

「活気のある町のようですが、何か町全体に切迫感のようなものを感じますな」

「セブールもか」

「冒険者ギルド行ってみませんか？　何か分かるかもしれません」

リーファから情報収集を提案され、俺も同意する。

「そうだな。行ってみるか」

気になったままにしておくのは気持ち悪いからな。

冒険者ギルドの場所を道行く人に聞き、ワーテルの町の中でも大きな造りの建物にたどり着く。

すると開けっぱなしのギルドの入り口で、一人の少女が必死に声を上げている。

「お願い！　私と一緒に盗賊を追って！　このままじゃ、ワーテルの町が滅んじゃう！」

「お嬢さん。あなたなら分かってるだろう。奴らが逃げ込んだ場所がどんな場所かって」

「そうだ。俺たち砂漠の民が足を踏み入れることができない場所だってな！」

「でも！　このままじゃ！」

少女とウラル王国出身らしき冒険者たちが、そんな風に言い争っている。

どうやら厄介事みたいだな。

「セブール」

「はい」

俺がセブールに目配せすると、セブールが少女に声を掛けた。

「お嬢さん、少しお話を聞かせてくださいますか？」

「えっ、ええ」

「おい！　死にたくなけりゃやめておけ！」

「そうだ。あんたよそ者だろう。悪いことは言わねえ」

周りの冒険者が、少女に話しかけるセブールを制止しようとしたが、セブールは微笑むだけだ。

「いえ、ご心配には及びません」

「チッ、好きにしな！」

「あ、あの……」

「さあ、お嬢さん。こちらへ」

俺たちは少女を冒険者ギルドから連れ出し、町の適当な店に入る。

「さて、話を聞かせてくれないか？　俺はシグムンド、こっちはセブール、こっちがリーファ。あの場にいたどの冒険者より役に立つと思うぞ」

「……聞いていただけますか？」

「ああ」

それから少女は、詳しい事情を語ってくれた。

彼女の名はマイヤ。このワーテルの町の領主の娘なんだという。

事件の概要を聞くと、彼女が必死に声を張り上げるのも当然だった。この町の根幹とも言える、オアシスの水を生み出す古代文明時代の魔導具が盗まれたらしい。

このままではひと月もしないうちに、オアシスが干上《ひあ》がってしまう。

それはワーテルの町の消滅を意味している。

マイヤは、更に話を続ける。

「しかも魔導具を盗んだ盗賊たちは、あろうことか禁忌《きんき》の地へと向かったのです」

「禁忌の地？」

「はい。私たち、ワーテルの民の祖先が暮らしていた地。呪《のろ》われた死の地です」

「呪われた死の地？」

そこがそんな物騒な名前で呼ばれるようになったのには、次のような事情があるらしい。

今からずっと昔の話。ワーテルの民の祖先は、自分たちの暮らす土地の神に永遠の信仰を約束し、その見返りとして水を生み出す魔導具を作る秘法を与えられ、大いなる繁栄を得た。

ただ、時代が流れるうちに目先の繁栄に浮かれた人々は信仰心が薄れ、土地神は力を失い始める。

やがて土地神が消滅するに至ると、約束を違《たが》えたワーテルの祖先に呪いを残したそうだ。

「……祖先が呪いで死んでいく中、呪いの地を離れ、魔導具を持って逃れた者たちの末裔《まつえい》が、私たちワーテルの民なのです。彼《か》の地には、今も祖先の亡霊《ぼうれい》が囚われていて、足を踏み入れると二度と帰れないと言われています」

「呪いねぇ。でも、呪い程度なら大丈夫かな」

「そうですな」

「はい。ご主人様なら問題ないかと」

「えええっ!?」

マイヤが、怖がらない俺たちの反応に驚く。

だけど実際、土地神程度の呪いなら怖くないんだ。創造神が封印するしかなかった邪神より上の存在ってことはないだろうしな。

困惑するマイヤに案内してもらい、俺たちは盗賊たちが逃げ込んだという古代都市「禁忌の地」へ向かうことにした。

そのためにワーテルで、砂漠に強い騎獣《きじゅう》、アーケオを借りる。

アーケオはダチョウをひと回り大きくしたくらいの大きさで、始祖鳥《しそちょう》とラプトルを足して二で割ったような姿をしていた。

俺たちはアーケオに乗ってワーテルから砂漠に出ると、砂煙を上げながら猛スピードで駆ける。

俺たちだけなら本当は飛んだ方が早いんだが、こういう現地のものを楽しむのも観光のうちだしな。

俺はアーケオで走りながら、マイヤに尋ねる。

「ところで、盗賊が禁忌の地へ逃げたのって、そいつらがこの土地の人間じゃないってことだよな」

「はい。砂漠の民なら絶対に近寄りませんから。ウラル王国を弱体化させたい国の人間だと思います」

縁起《えんぎ》を担ぐこの国の者が行きたくない場所に逃げ込んだから、当然盗賊は他国の者だ。

そして、この貧乏なウラル王国が、魔王国と関わりを持ち始めたのが気に食わない国となると……

「もう、聖国しかないじゃないか」

俺が呟くと、セブール、リーファ同調して言う。

「でしょうな」

「同じ西方諸国連合の国だというのに、何をしているのでしょう」

そんなことを話しながら走り続けると、やがて砂漠の中に、ところどころが崩れた巨大な建造物が見えてきた。

「ここでアーケオを降ります」

マイヤがそう言って、古代遺跡の手前でアーケオから飛び降りた。

「じゃあ、アーケオを繋ぐ場所に日陰《ひかげ》を作って、結界を張っておくぞ」

俺は土魔法で柱を作り、大きめの布をタープにした。ここを囲うように結界を張れば、砂漠の魔物から襲われないはずだ。

それから一応、土魔法で水桶《みずおけ》を作り、中を綺麗な水で満たしておく。

これでしばらく遺跡を探っていても、アーケオたちは大丈夫なはずだ。過酷な砂漠だから、ここうしてケアをしてやらないと、アーケオたちに命の危険があるからな。

「あっ、ちょっと待ってくれ」

「えっ」

俺はマイヤを呼びとめ、呪いを無効化する魔法を付与しておく。

「これでよほど高位の邪神や悪神じゃなければ、呪われても大丈夫だから」

「えっ、そ、そうなのですか？」

困惑するマイヤに、セブールが言う。

「お嬢さん、ご安心ください。間違いなく効果はありますからな」

マイヤは砂漠の民だから、禁忌の地の呪いが大丈夫なんて言われても、なかなか信じられないだろう。俺やセブールに説明された今も、信じられてないかもしれない。

というかそもそもマイヤにとっては、呪いがかかろうがかかるまいが、関係ないんだろう。俺が無効化の魔法を掛けなくても、マイヤは古代遺跡へと足を踏み入れたと思う。それほどマイヤの決意は固そうだった。魔導具がなければワーテルの町が終わってしまうからな。

こうして、俺とセブールが先頭に立ち、リーファとマイヤが続く形で、遺跡に踏み入る。

遺跡の建物は風化しボロボロになっているが、大きさからして、もとは神殿だったのかもしれない。まるでエジプトにある、王家の谷みたいだな。

硬く乾いた地面を踏みしめながら、俺は盗賊たちの気配がある方へと進む。

迷いなく歩く俺に、マイヤが不思議そうに聞く。

「シグムンドさんは、どこに盗賊がいるのか分かるのですか？」

「ああ、魔導具の反応が感知できるからな」

しばらく進むと、あるものが見えてきた。

「呪いは健在といったところでしょうか」

「だな。この地を踏み荒らす輩には、容赦《ようしゃ》ないみたいだな」

「………」

そこには、喉を掻《か》きむしり、苦悶《くもん》の表情で床に転がる盗賊たちの死体があった。

一応、盗賊の正体を知るために、死体を探る。

「やっぱりジーラッド聖国の工作員だな」

「間違いないでしょうな」

「宗教国家である聖国が、神の祟《たた》りを信じないってどうかと思うぞ」

「あの国は、本当に神を信仰しているかどうかも怪しいですからな」

聖国の奴ら、砂漠の民を撒くには、この禁忌の地が都合がいいと思ったんだろうな。

けど自分たちが呪いにやられてしまったわけだ。トップが愚かだと、下まで馬鹿になるのかね。

さて、あとは魔導具か。ちょうど現れたみたいだしな。

「⁉　ご先祖様方⁉」

マイヤが俺の目線の先を見て、驚いて声を上げる。

そこにいるのは、この遺跡の亡霊たち――つまりこの呪われた地で死んでいった、マイヤの祖先たちだった。

『怖がらなくともよい。勇気ある我らの同胞《どうほう》の娘よ』

『我ら、この地を踏み荒らす者には死を与えるが、同じ血を引くそなたを害することはない』

『この地の神から授かった、湧き水の魔導具を盗んだこの愚か者どもと、そなたは違うのだから』

現れた亡霊たちは、マイヤを優しい表情で見つめて声を掛けた。

最初から敵意は感じなかったけど、聖国の連中みたいにここを踏みにじりでもしない限り、危害を与えるつもりはないようだな。

一人の亡霊が、俺に視線を向ける。

『我らの子孫を守り、この地へ無事連れてきてくれて感謝する』

「いや、たまたま頼まれただけだ。それより、この地に縛られているなら浄化しようか？」

この地の呪いに縛られ、自分たちも死の呪いを与えているらしい亡霊たち。彼らを浄化して、前世でいう除霊とか成仏《じょうぶつ》みたいなことができるなら、この地は禁忌の地ではなくなるかもしれない。

土地神程度の呪いなら、少々強引にやれば、浄化できないこともないだろう。

だが、亡霊たちは俺の申し出に対して、首を横に振った。

『……いや、御身《おんみ》なら可能なのだろうが、これは我らの罪。一時の繁栄に浮かれ、取り返しのつかぬ愚を犯した罰は受けねばならぬ。この地が完全に崩れ、砂となり無となる日まで』

この古代遺跡が、文字通り朽《く》ち果てて無に帰すまで、亡霊たちは人も魔物も近付けず守り続けるようだな。それは千年後か、一万年後か分からないが……

「……そうか。分かった」

俺が返事をすると、亡霊たちも頷いた。

『同胞の娘よ。こちらへ』

「は、はい」

マイヤが亡霊に呼びかけられ、しっかりとした足取りで歩み寄る。

普通、呪いをまき散らす亡霊に呼ばれたら怖がりそうなものだが、そこは先祖と子孫の確かな繋がりを感じているのか、マイヤに怖がる素振《そぶ》りはない。

『同胞のために、命を懸けてこの地に赴いたこと、まことに天晴《あっぱ》れだ。それでこそ我らが子孫、砂漠の民である』

「ありがとうございます」

『さあ、これを持って帰るがいい。二度と盗まれぬようにな』

「はい！　この命に懸けて！」

どこからともなく、バレーボールくらいありそうな巨大な青い魔石が嵌まった魔導具が現れ、マイヤに手渡される。

「盗難防止は俺がなんとかするよ」

せっかく取り戻した魔導具を、また盗まれるわけにはいかないよな。

草原地帯の侵略に失敗して追い込まれた今の聖国なら、懲《こ》りずに手を出してきそうだから、盗難防止対策は俺がひと肌脱ごう。

そう思って声を掛けたら、亡霊たちが一斉に頭を下げる。

『かたじけない。我らには渡す謝礼もないが、我らの子孫をよろしく頼む』

「ああ、任された。それと話は変わるが、盗賊の死体は始末しておこうか？」

『いや、こやつらの血肉、魂は、呪いを維持する燃料となるゆえ、放置してくれてかまわぬ』

『勇気ある同胞の娘よ。魔導具を頼んだぞ』

「はい。どうか、一日も早く天へ還《かえ》れるようにと祈っています」

マイヤは手を組み合わせて目を瞑り、亡霊たちに感謝と鎮魂《ちんこん》の気持ちを込めて祈りを捧げる。

そのうちにその場から、亡霊たちと盗賊の死体が消えた。

その後、俺たちは魔導具を持ってアーケオのもとに戻り、タープを回収し、魔法で作った柱や水桶を崩した。

「さあって、帰るか」

そしてアーケオの首の辺りをポンポンと叩き、改めて鞍《くら》を取りつける。

俺がみんなに声を掛けると、セブール、リーファが口を開く。

「そうですな。魔導具を取り戻したことを報告すれば、ワーテルの民も安心するでしょう」

「マイヤちゃん、休憩は必要？」

そうだった。マイヤは普通の人間だから、休憩も必要だよな。リーファが聞くまで気が付かなかったよ。

「大丈夫です。すぐに戻りましょう！」

だけどマイヤは、一刻も早く魔導具をワーテルに戻したいみたいだ。疲れているだろうに、力強く言ってくる。

というわけで俺たちはアーケオに跨り、ワーテル目指して砂漠を進む。

行きとは違い、のんびりとした帰り道だ。

こんなに陽射しが強かったのかと思いながらも、砂漠を旅する気分を楽しむ。

ほどなくワーテルに到着した俺たちは、そのままオアシスのある場所へと向かった。

オアシスは水位がかなり下がってしまっているものの、池くらいの大きさがあり、真ん中に島が浮かんでいる。

「魔導具は、あの小島に設置してあったのか？」

「はい。今、舟を出します」

マイヤにそう言われたが、面倒なので飛んでいこうと思う。

「いや、俺たちに任せろ。リーファ、マイヤを頼む」

さすがに俺が女の子のマイヤを抱きかかえるのはまずいので、マイヤはリーファに運んでもらうようお願いした。

「分かりました、ご主人様。ではマイヤちゃん、いきますよ」

俺とセブールが先行して小島まで飛び始めると、その直後、後ろからリーファに抱っこされて飛んでいるらしいマイヤの悲鳴が響く。

「ヒッ、ヒィヤァァァァー!!」

だけど、ちょっとの時間だから我慢してもらおう。

数秒で島に着き、魔導具についてマイヤの説明を聞く。

「こ、ここに魔導具を設置して、魔力を流せば起動します」

マイヤはそう言って、小島の中心にある小さな祭壇《さいだん》みたいなものを指さした。

「じゃあ、マイヤがやってくれるか？　俺はちょっと防犯用の魔導具を設置するから」

「は、はい」

さて、マイヤが魔導具を設置してる間に、俺もちゃっちゃと済ませるか。

俺は祭壇に結界を張る魔導具を設置し、マイヤの魔力を登録した。これでマイヤ以外の者はこの祭壇に近寄れない。

あとは追加で結界に入れる者を登録する方法をマイヤに教えて、俺の仕事は終了した。

「やりました！」

しばらくして、マイヤが嬉しそうに声を上げた。

古代文明時代の魔導具に嵌められた、青い石が光っている。

おそらくそのうち、ここから水が湧き出るんだろう。

「さ、俺たちは帰ろうか」

「そうですな」

俺たちは、マイヤにまた遊びに来ると約束し、転移してその場から離れたのだった。

十九話　砂漠の邪神

そんな感じでワーテルの問題を解決し、俺はいったん深淵の森の拠点に戻った。

ウラル王国での難民の面接は、あとはダーヴィッド君たちに任せておけば大丈夫だろう。

セブールにウラル王国に残ってもらったので、俺はもうお役御免《ごめん》だ。

俺もそんなに暇ではないしな。移住してくる難民たちの住居も必要だし、農地の拡張もしなきゃいけない。

そう思っていたんだが……

俺は今、再び一人でウラル王国まで来ている。実は、オオ爺サマにあることを依頼されたんだ。

時間は少し遡《さかのぼ》る。ワーテルから深淵の森に転移した後、俺は更に城塞都市へと転移した。ウラル王国の移民の数がある程度把握できたら、町割りをしようと思ったんだ。

そして町割りを考えていた俺を、チビ竜が呼びに来たんだよな。

で、要件を聞きに行ってみると、オオ爺サマのお願いとは邪神の討伐だった。

『シグムンド殿、申し訳ないが、ワシらの代わりに対処してくれんか？』

「それは構わないんだが、古竜でも無理な相手なのか？」

『いや、滅するだけなら楽な仕事なのじゃが……』

南の邪神のように、古竜たちで対処できないレベルの相手なのかと思ったら、どうも違うみたいだ。

『滅ぼすだけならブレスで焼き尽くせば終《しま》いなのじゃが……』

オオ爺サマが言うには、なんとその邪神がいるのは、人間の住んでいる場所の近くらしい。

そんな場所にオオ爺サマのブレスで攻撃しては、町までが更地になってしまう。

古竜は創造神に創られたこの星の守護者。できることなら、邪神以外に被害を与えたくないようだ。

「なるほど。じゃあ当然ながら、俺も魔法でドッカンじゃダメなんだな」

『申し訳ないが、害になりそうな邪神とその眷属だけを潰してくれるとありがたい』

俺は詳しく邪神の居場所付近の現状を尋ねた。

すると、邪神はすでに創造神による封印から解き放たれてしまっているらしい。

ただ、もともと小物だった邪神で、古竜たちにしてみれば、封印から出られたこと自体が意外だったみたいだ。

そんな小物な邪神なので、魔力の濃い今の居場所から離れれば、その瞬間に消滅してしまうらしい。だから今は、古竜がその場所の上空高くを飛び、待機して見張っているみたいだ。

居場所を出れば消滅するというのは、いかにも雑魚そうな印象ではあるが、その居場所が町の近くとなると大問題だ。邪悪な気を出す邪神が、人間の側に、ずっと居座り続けるということになりかねないからな。

「で、もしかしてその邪神、眷属を増やして力をつけようとしてるのか？」

『うむ、その通りじゃ。だから眷属も潰してくれぬか？　邪神の眷属となった奴は、見た目が悪魔っぽくなっとるから分かりやすいと思う。なにより気配がまったく違うからの』

今回の邪神の能力は、魔物を変質させて悪魔化し、眷属にすることのようだ。

現在、邪神は力の回復に努めているらしいから、手早く始末した方がいいだろう。

「了解。じゃ、サクッと潰してくるよ。封印じゃなく、滅するんでいいんだよな」

『うむ。シグムンド殿ならその実力があるからのう。封印など面倒なことはせず、消滅させた方が早いじゃろう』

「分かった。で、場所は？　古竜の位置を目指せばいいか」

『……この距離から古竜の居場所を察知するとは、もはや神に近い力じゃのう』

俺が即座に古竜の位置を特定すると、オオ爺サマが驚いて持ち上げてきた。けど、さすがに褒めすぎだ。

「大袈裟だよ。比べたら神様に失礼だ」

位置が分かれば、移動は転移と飛行であっという間だ。

——そして、今俺は、ウラル王国にいるというわけだ。

しかし、なんでこんな所に邪神がいるんだ？

さっさと倒して、原因を探った方がいいかもな。

邪神は、邪悪な気を出して、環境を壊すことがある。これは古竜たちのいた南の大陸でも同じで、南の邪神が倒されるまで、南の大陸は竜や劣化竜以外の存在など住めない不毛《ふもう》の場所になっていた。

こういった影響があるので、邪神は深淵の森や、南の大陸など、人里離れた奥地に封印されるのがほとんどらしい。

なのに町の側に邪神がいるってことは、もともとウラル王国は砂漠地帯で、人など住めぬ場所と思われていたからこそ邪神が封じられたのに、後から事情を知らない人間たちが町を作ってしまったのかもしれない。

だが逆に、もともと普通の地だったのに、邪神のせいで砂だけが広がる大地となってしまった可能性もありうる。

とにかく、邪神を倒して事情を探るか。

あと、邪神はいっぱいいてややこしいから、とりあえずここの邪神は砂漠の邪神と呼ぶことに決める。

俺は古竜の監視している、砂漠の邪神の居座っている場所まで飛んだ。そして上空で監視する古竜に挨拶をして、砂漠に降り立つ。

古竜に聞くと、砂の下に邪神の気配がするらしい。一瞬で探知し、邪神の位置を特定する。それと一緒に、邪神の眷属の位置も把握しておく。

そこから砂の下へと潜《もぐ》っていくと、そこにあったのは地下の空間。その地下にできた洞窟《どうくつ》のような空間に、崩《くず》れかけではあるが砂に埋もれた神殿があった。

ここの神殿は、ワーテルの古代遺跡より更に古いみたいだ。

邪神が封印を解いたために、神殿は崩壊したようだな。それと、オオ爺サマの言っていた眷属についても魔法で感知した。

邪神の砂漠に生息する魔物のほとんどが眷属になっていたら、滅するのが少し面倒だったと思っていた。けどまだ、眷属の数はそれほど多くないようだ。

どうやら砂漠の邪神が眷属を生み出す行為は、ノーリスクじゃないらしい。

俺は神殿の中へと入り、魔法で作った影の鎖《くさり》を四方八方に伸ばす。鎖で襲いくる眷属を捕らえ、捕縛した砂漠の邪神の眷属を、今後は光の槍《やり》で貫く。

邪神が眷属にしている魔物は、光魔法に滅法弱くなるんだ。

といっても、砂漠の邪神が眷属にして悪魔化した魔物は、もとの状態よりもはるかに強化されているんだろうけど、俺からすれば誤差の範囲内だ。

むしろ全部光魔法で滅せるので、相手に合わせて攻撃する属性を考えなくていいから、楽になったくらいだ。

こうして眷属を潰しながら、砂漠の邪神のもとへ向かう。

ちなみに、相手を拘束したり攻撃にも使えたりする影の鎖は、もともと触手《しょくしゅ》のような形だったんだけど、リーファに見た目がよろしくないと注意されて変えた。セブールにも、ミルとララの前でグロイ触手はないと言われ、それはそうだと大いに反省した。

そんなことを思い出しつつも、どんどんと眷属を片付けていく。

砂漠の邪神の眷属ではない魔物のほとんどは、俺から逃げていくから放置だ。ただ時々、理性が弱すぎる虫系の魔物が襲ってくるので、そいつらはサクサクと処理していく。

神殿を進むにつれ、眷属がいっぱい湧いてきたので、今度は影の鎖を光の鎖に切り替える。

対象を拘束する力は影の鎖の方が上だが、邪神の眷属に限っては、光の鎖で拘束した方がいいだろう。光の鎖が弱い眷属に触れると、勝手にボロボロと崩れて消滅するので、殲滅《せんめつ》速度が上がって助かる。

魔法で探知すると同時に、魔力でマーカーをつけて追尾可能にしているので、逃がしはしない。砂漠の邪神の眷属に向け、光の鎖がどこまでも伸びていく。

だけど、面倒なことになった。

砂漠の邪神が、俺が眷属を消し始めたのを察知したのか、猛烈に眷属を増やし始めてやがる。

ただ、魔物がそんなに都合よく近くにいるわけがない。どうやら魔力と自らの血肉を使って生み出しているようだ。ほんの僅かずつだけど、砂漠の邪神の気配が縮小していく。

まあ、砂漠の邪神にとっては、髪を切るくらいの感覚なんだろう。

「クソッ、面倒だな」

キリがないので、眷属より先に、大元の砂漠の邪神を片付けるか。

俺が方針転換し近付いていくと、それを察知したからか、俺を近付けまいと眷属が山盛りになって襲ってくる。

でも、一体一体は相手にしない。光の鎖を放射状に伸ばし、当たったものから始末していくだけだ。

数が多すぎて、オオ爺サマがブレスでコンガリ焼きたくなるのも分かるな。

砂漠の邪神の眷属たちには、光の鎖がよく効く。

光の鎖で貫くと、ボロボロと崩れて死体が残らないので、後始末が楽だ。

ちなみに、邪神が神殿から逃げ出さないよう、この神殿全体は鳥籠《とりかご》のような結界で覆ってある。

だから砂漠の邪神は、よけいに焦ってるのかな？

おっ、そうだ。結界を狭めていくか。いや、ダメだな。それじゃ関係ない魔物も一緒に始末してしまうか。

けどいつまでもこんな作業したくないので、ちょっとペースを上げるか。

俺は眷属を高速で始末しながら、砂漠の邪神を目指して駆けだした。

◇

砂丘の地下で息を潜《ひそ》めていた、蠍《さそり》のような姿をした邪神――砂漠の邪神は焦っていた。

彼は深淵の森に封印されていた北の邪神や、古竜の大陸に封印されていた南の邪神と比べると、小物も小物の邪神だ。砂漠の邪神自身も、それは自覚していた。小物であるせいで、邪神としての権能《けんのう》も僅かしか使えない。

だが砂漠の邪神は、近くにいる古竜の気配くらいは捉えることができる。だからこそ古竜に滅せられるのではないかと怯え、焦っていた。

焦りの理由はそれ以外にもある。

深淵の森に封印されていたはずの、自分たちの盟主たる北の邪神の気配が感じられない。加えて、その右腕だった南の邪神の気配もない。

それは、堕《お》ちたとはいえ、強大な力を誇った邪神のナンバーワンとナンバーツーが消滅したことを示していた。

そして仲間が消えてしまった焦りと同時に、苛立ちが砂漠の邪神を襲う。

この砂漠の邪神は、小物すぎるためか、他の邪神より封印による行動の制限がゆるかった。

このため今まで砂漠の邪神は、この地の水脈や地脈《ちみゃく》——自然界の魔力の発生源をせき止め、地下から魔力を吸い上げて力を蓄《たくわ》えてきたのだ。それが力を溜めすぎたせいか、最近意図しないタイミングで封印を破ってしまった。

封印が外れたことで自分の存在に勘づいたのか、近くに古竜の気配が動いている。このままでは、いつ消し去られてしまうかも分からない。

『クソッ、古竜どもめ。それに創造神も創造神だ。邪神を殺しうる古竜など創りやがって』

砂漠の邪神は愚痴をこぼしながら、周辺にいる魔物を変化させて眷属とし、配下を増やす。

この程度の悪魔化した魔物など、古竜のブレス一吹きで、欠片《かけら》も残らず消し飛ぶだろうことは、砂漠の邪神にも分かっている。

だが、運がよければ眷属を囮《おとり》にして、砂漠の邪神が逃げる隙《すき》を作れるかもしれない。今の居場所を大きく離れれば消滅してしまう砂漠の邪神だが、この地の地脈から魔力を得られる範囲で身を隠せば、なんとか生き延びられると目論《もくろ》んでいた。

ところが砂漠の邪神の思惑《おもわく》は大きく外れることになる。

古竜どころか、もっとヤベー奴が神殿に来た。

どんな索敵能力を持っているのか、砂漠の邪神の眷属をピンポイントで葬っていく。しかもそのスピードが尋常じゃない。

シグムンドが早く作業を終わらせたいだけだなんて知らない、砂漠の邪神の困惑は激しかった。

だが、地上に堕とされたとはいえ、もとは天界にて神だった存在だ。権能によって、シグムンドが光の鎖を四方八方に伸ばし、高速で操って自身の眷属を始末していることを察知する。

堕とされたことにより、邪神のありようは闇の属性に傾いている。なので当然、分身である眷属も闇属性が強い。このため、砂漠の邪神の作り出す眷属は、光魔法にとても弱い。

今も光魔法の力によって、ものすごい勢いで眷属が消滅しているのが、砂漠の邪神には分かった。

そして繰り返すが、砂漠の邪神は、腐っても元神。このため、高度な魔力操作で実力を隠匿しているシグムンドの力量が、大まかに理解できてしまう。

『なっ⁉　バケモノ‼』

恐怖を感じた砂漠の邪神は、思わず叫んだ。恐怖のあまり、なり振り構わず逃げようとしたがすでに遅い。

光の鎖で神殿全体が、鳥籠のように囲われていたからだ。

そのうちシグムンドが、単純作業と化していた眷属潰しに飽き始め、殲滅スピードが更に上がってきた。

邪神は眷属を増やすのをやめ、迎え討つためにタイミングを定める。

だがそんなあがきがシグムンドに通用するわけもなく、元神としての意地を示すことすらできず、シグムンドにチュルンと吸収されて消滅してしまった。

ちなみに吸収しても、シグムンドのレベルは1すら上がらなかった。

以前対峙した二柱の邪神と比べ、あまり手応えのない砂漠の邪神に、しきりに首を傾げるシグムンドだった。

◇

俺——シグムンドは、倒した砂漠の邪神を一瞬で吸収した。それと同時に気付いたのは、水脈の邪魔をしていたヘンな気配が消えたということ。

もしかして、水脈がこの地に行き渡るのを、砂漠の邪神の存在が妨害していたのか？

俺は探してあった、ウラル王国内の水脈の場所に転移する。邪神を倒したことで何か変わった点がないか、確かめるためだ。

そして水脈を見つけた場所の上空に行くと、ある変化が起きていた。

以前は何かに妨害され、地上には決して到達しなかった、地下水脈の水。それが砂漠の邪神を倒した今は、地下から溢れ、地上まで達している。

絶《た》えることのない水が勢いよく湧き、砂漠の乾いた砂の上に水が広がる。

もともとここには、湖とかがあったのかもしれないな。

俺がそう考えていると、くぼんだ地形に沿って水が溜まっていき、オアシスのように青々とした水を蓄えた湖ができ始めていた。

そのうちにどこからか、水鳥がやって来て泳ぎだした。

緑化にはしばらく時間が掛かりそうだが、ウラル王国が砂漠でなくなる日も近いかもな。

二十話　移民がやって来る

オオ爺サマからの依頼で砂漠の邪神を潰し、水脈の復活を確認して草原地帯に戻ってきた俺は、今度は魔法で、移民用の住居を建てている。

なお、森の拠点のように凝ったものではなく、手早く住める程度のクオリティのものだ。

作業の合間に、報告がてらオオ爺サマと会話する。

「……と、いろいろあったけど、とにかく砂漠の邪神は滅しておいたから」

『今回は手を煩わせ、すまなかったな』

「いや、オオ爺サマたち古竜じゃ、辺り一面焼いてしまうだろうから仕方ないよ」

『ワシら古竜は大雑把じゃからな。邪神を滅しようと思うと、ブレスを吐くしか方法がないんじゃ』

オオ爺サマのブレス話を聞いて、俺はボソッと独り言を言う。

「……ならまあ、これからも邪神退治の必要が出たら、俺が対処した方がいいかな」

神の創り出した存在である古竜が使うブレスは、浄化の効果もある。だからブレスを使うメリットもあるんだが、それ以前に何もかもを焼き尽くしてしまうからな。更地にして何か作るって前提でもない限り、オオ爺サマに邪神討伐は任せない方がいいだろう。

『それよりも、ずいぶんと励んでおるではないか?』

ハイペースで建物ができあがっていくのを見て、オオ爺サマは面白そうにしている。

「そうなんだよ。まとまった数の移住者が来るから、それまでに最低限住む場所と、与える農地は準備しておきたくてさ」

『ふむ。長い年月南の大陸にいたワシら古竜には分からんが、普通移民に対して、そこまで手厚くするものなのか?』

人の営みを知らないオオ爺サマに、そう質問された。

「いや、普通は対価もなしに住む家や農地を与えるなんてしないな」

『ならこれから来る移民は、いわゆる農奴《のうど》というやつにするのか?』

「農奴って……いや、違うよ」

農奴なんて、ひどい誤解だ。

やっぱり与えるばかりというのは、問題がありそうだな。一応、土地と建物は貸付けという形にして、後で購入できるようにした方がいいかもだ。

ちなみに先住の移民の住居や土地は、貸付けになっている。住居や水路や農地まで、全部俺に用意してもらったのに、移民たちがタダでもらうのはまずいと魔王国に言われ、協議して決めたんだ。

あと草原地帯は、俺がいるから安全が保たれている側面があるので、そのメリットがあることを考えたら、移民に課す税が安すぎるらしい。これは、ダーヴィッド君に言われた。

まあ、それはおいといて。とにかく、俺は移民を農奴なんて思ってないし、そんな風に扱うつもりはないんだ。

『ふむ。まあ、ワシも同族を売り買いする奴隷は好かんからのう』

俺が必死に説明すると、オオ爺サマはそんな風に返事をしてきた。

うーん、一応分かってもらえたのかな？

「あ、そうだ。オオ爺サマの存在については、移民に説明を徹底しておくよ。いきなりオオ爺サマを見たら、みんな腰を抜かすからさ」

『たまに他の古竜たちも顔を出すしの。その辺もよろしく頼む』

「了解。まあ移民たちも、ここで暮らし始めれば、古竜にも親しんでくれると思うよ」

ところで、これは最近聞いた話だけど、世間的にはオオ爺サマのような古竜は信仰の対象らしい。だからまともな移民であれば、無礼な振舞いはしないはずだと魔王国の人間が言っていた。

いや、そうは言っても前にいたんだけどね。古竜の鱗や爪を手に入れられないかって、ワンチャン狙ってきた身のほど知らずの奴らがさ。

まあ、とはいえ、今回の移民は貧しい農民ばかりだ。さすがに古竜を襲うようなことはしないだろう。

そんなことを考えていたら、俺が作った人間そっくりのオートマタ、ブランが側にやって来た。

メイド服姿の彼女は、もともとは屋敷でリーファの手伝いをしてもらう用に作ったんだが、いつの間にか進化を重ねて、ノーブルリビングドールという魔人《まじん》になっている。

ちなみに魔人っていうのは、オートマタやゴーレムのうち、進化して自我を得たものだ。

魔人といえば、ゴーレムのクグノチも現在、スプリームゴーレムに進化している。

俺の眷属のゴーレムやオートマタたちって、みんなどんどん進化して賢くなっていくよな……なんて思いながら、建築作業をいったんやめて、ブランの方に体を向ける。

「どうだブラン？　残ってた魔導具は全部こっちに運べたか？」

「はい、旦那様。城塞都市の屋敷の倉庫にあった魔導具の在庫はこれでおしまいです」

ブランは俺に魔導具の入った箱を手渡しながら、そう報告してくれた。

箱に入った大量の魔導具は、前に俺が作ってストックしておいたものだ。灯《あか》りの魔導具と浄化の魔導具という生活に必要な基本的なアイテムだけど、この世界では貴重品という扱いになるらしい。

「ありがとうブラン。城塞都市の屋敷に戻ったら、魔導具に使う魔石の在庫があるかどうか確認してくれ。なければトムかクグノチに頼んで補充してもらっていいかな」

「承知しました」

そう言ってブランは、城塞都市へ戻っていく。

ちなみにブランに魔導具を持ってきてもらった理由は、移民の住宅に、これを使おうと思ったからだ。

城塞都市では、俺が建てた家には、灯りの魔導具と浄化の魔導具が必ず設置してある。だからこれから作る移民の住宅にも、同じように取りつけようと思ったんだ。

生活用水については、草原地帯は水が豊富で、水路も井戸も整えてあるからいいのだが、生活排水は浄化の魔導具に頼らないと、衛生的にしておくのが難しい。

だけど俺としては、汚水をそのまま川や海に流すなんて考えられない。この世界は基本垂れ流しで、それが普通らしいんだけどな。

しかしなぁ。いずれ購入してもらう前提の貸付け住宅にする予定なのに、俺の衛生観念によって魔導具を設置すると、とんでもなく高額な住宅になってしまうな。

まあ、それでも当面は、飢えず、凍《こご》えず、雨風をしのげる家が格安で借りられ、割り当てられた農地で、うちのゴーレムの指導のもと働けるんだ。

さすがにウラル王国の生活よりはましだよな。

二十一話　聖国は諦めない

時間は遡り、シグムンドがウラル王国の移民審査を行う、少し前のこと。

ここは、ジーラッド聖国の王城。その一室で、聖王バキャルが、特徴のない平凡な顔立ちの男に問うている。

「貧乏国に送った奴らは役に立つのであろうな？」

「さすがに超一流どころを無差別テロに使うのはもったいないので、腕はそこそこの者たちです。ですがその代わりに、人数を多く派遣しました」

「むぅ、それも仕方なしか。貧乏国め、魔王国と付き合うのは愚行だと思い知らせてやるわ」

バキャルは腹立たしげに吐き捨てる。

バキャルの言う貧乏国とは、ウラル王国のことだ。

ジーラッド聖国では長年、草原地帯は聖国が領有すべき土地だと主張し、先日も勝手な侵攻を行ったばかりだ。なおその試みは、聖国は知らないが、シグムンドによって粉砕《ふんさい》されてしまっている。

そして今、バキャルのいわれのない八つ当たりの対象は、ウラル王国となっていた。

自分たちが目《め》の敵《かたき》にしている魔王国が現在、聖国が手に入れられなかった草原地帯との交易を行っているとバキャルは聞いている。その魔王国に協力し、交易路となっているのがウラル王国であるという報告が兵士から入り、バキャルは激怒したのだ。

今回のことがあるまで、ジーラッド聖国にとってウラル王国は興味のない国だった。

本来、宗教国家であるジーラッド聖国なら、率先して手を差し伸べるべき貧しい国であるにもかかわらずだ。

ところが、その逆を平気で行くのが聖国だ。

魔王国による移民募集に便乗し、ウラル王国内にテロリストを送り込む。そして、あわよくばウラル王国や魔王国に危害を加えようと企んでいた。

今、王城で行われているのは、そのテロリストたちの計画に関する報告である。

ウラル王国は、西方諸国連合の加盟国だ。そこへの攻撃は、西方諸国連合に対する敵対行為に他ならない。だが、バキャルに世間の常識は通用しない。

ちなみにこの場に集まっているのはいつものメンバーだった。

聖王バキャル、宰相ジムラン、内務卿《ないむきょう》メディス、そしてローデン将軍。そこに加え、今回は他国での暗殺や破壊活動を専門とする神罰執行機関《しんばつしっこうきかん》の長もいる。職務上正体を隠す必要があるため、男に名前はない。

その特徴のない平凡な顔立ちの名無しの男に、バキャルは更に問う。

「移民審査の場で騒ぎを起こす者たちとは別に、移民を装《よそお》い城塞都市に潜伏させる者たちも送り込んだのだな？」

「はい。ですが今回は時間があまりなく、ウラル王国の国民に見せかけるのも難しかったので、潜伏予定の者たちはそんなに多く用意していません。加えて、魔王国側の選抜基準も分かりません。このため潜伏予定の者たちについては、移民に選ばれたら儲けものくらいにお考えください」

「むう、仕方ないか。魔族どもの思考など、分からなくて当然だからな」

バキャルにとって、魔族は魔物と変わらないという認識だ。このため名無しの男の言うことに、深く頷いた。

そしてバキャルは、今度は宰相のジムランに尋ねる。

「ジムラン。魔王国を糾弾《きゅうだん》した件はどうなった。西方諸国も我が国に同調しているか？」

「……申し訳ありません。どの国も魔王国を非難するどころか、魔王国を通しての草原地帯と交易することを喜んでいる始末で」

「なんだとぉ！」

実はジーラッド聖国は先日、魔王国が草原地帯を支配し私物化していると、糾弾する書簡を西方諸国連合の各国に送っていた。

まるで、聖国自身が草原地帯の支配を目論んで侵攻したことは、忘れたかのような振舞いである。

そして各国からの書簡の返事は、ジムランの言うように、バキャルの思い描いたものとは真逆だった。

それもそのはず、魔王国と敵対的なのは、今や西方諸国連合内ではジーラッド聖国のみなのだ。

どの国も先代魔王バールが仕掛けた戦争から立ち直りつつあり、人口が増加し、食料やスラムの問題に対処してる真っ最中である。

そんな中、魔王国を通しての草原地帯との交易、そして草原地帯への移民は、各国にとって利益しかない。魔王国には感謝こそすれ、糾弾するなどとんでもないという認識なのだ。

また実際には、聖国が認識しているように魔王国が草原地帯を統べているわけではない。

西方諸国連合のほとんどの国は、城塞都市出現が人の所業ではないと認識している。それらの国の共通の思いは「ヤベェ奴には関わらない」だ。「触らぬ神に祟りなし」ともいう。

どの国も、交易を通じての草原地帯の利益は享受《きょうじゅ》するものの、草原地帯を統べる存在はできるだけ怒らせたくないと考えている。

唯一、ジーラッド聖国だけが、周辺国の流れと逆行している状態なのだ。

次にバキャルは、ローデン将軍に視線を向ける。

「ローデン、侵攻計画の方はどうなのだ？」

「……現状、成功の可能性は限りなくゼロに近いと言うほかありません」

「なんだとぉ!!」

バキャルがローデン将軍に指示していたのは、もちろん草原地帯への侵攻だ。

だが、前回の侵攻の失敗で獣人族や魔族の戦争奴隷を失い、騎士や兵士の人数も減っている。

本当はジーラッド聖国だけで侵攻など不可能なのだが、それを言えないローデン将軍の胃はシクシクと痛む。

こうしてその日もバキャルは、いつものように理不尽に喚き散らし、部下たちに無理難題な要求を突きつけたのだった。

そして、この会議からしばらく経った後。テロを起こすために送り込んだ者たちは全員行方不明となり、城塞都市への潜入目的の人員もすべて不合格になったとの報告が聖国に入った。

これを聞き、バキャルは奇声を上げ、大暴れした。

だが、それでもバキャルは諦めない。己がすべての人間より上だと信じているから。

遠回りしたとしても、すべては己の思い通りにいくと思っているから……

二十二話　テロリスト集団

西方諸国連合の国々は、基本的にジーラッド聖国と一定の距離を取り、魔王国との交流を行っている。利益をもたらしてくれる現在の魔王国には、協力的な国がほとんどだ。

しかし国ではなく個人となると、事情は変わってくる。

先代魔王バールは、常に戦場に身を置きたい、闘争こそ我が生きる意味だと言ってはばからない戦闘狂だった。

このため戦争を仕掛けられた西方諸国連合では、多くの人間が犠牲となった。もちろん魔王国の兵士も戦争の犠牲とはなったのだが、強靭《きょうじん》な魔族と比べると、どうしても人族の犠牲者の方が多い。

戦死した兵士の家族もいれば、戦場になった町や村で愛する者が殺された者もいる。その恨みは、十年程度の年月では薄まることはない。

恨みに蓋をして前を向く者もいる。だが、どうしても自分の気持ちを抑えられない者たちも一定数存在した。

そして自国が魔王国への態度を軟化させ、報復は期待できないとなると、彼らの取る手段は限られてくる。

それは、無差別テロだ。

しかも彼のテロの対象は、魔王国にだけに限らない。憎しみは魔王国だけではなく、その魔王国を容認する国にも向かっていた。

◇

ジーラッド聖国内のとある場所に、数人の男たちが集まり話し合っている。

「魔王国から草原地帯へのルート……どこを狙う？」

「魔王国領が望ましい……が、難しいだろうな」

「ああ、流民が魔王国に流れている今、国境の警戒は厳しくなっている」

彼らは魔王国に恨みを抱き、裏社会に身を落とした者たち。

魔王国への報復を望む者は、一人、また一人と増え、現在は国を越えた組織となっている。

その規模は、この世界では盗賊団程度ではあるが、烏合《うごう》の衆《しゅう》であることの多い盗賊団と違い、彼らの目的ははっきりしていた。魔王国への、そして魔王国と協力する国への報復だ。

男たちは、テロを行う場所について、話し合いを続ける。

「なら、オイフェス王国かウラル王国か？」

「ああ、だがウラル王国はな……」

「……そうだな。あの国を攻撃するのは気が進まない」

魔王国と草原地帯の交易路にある国の中で、ウラル王国だけはテロリストも攻撃するのに戸惑うほど貧しい国だった。

しばらく男たちは沈黙していたが、そのうちに、男の一人が提案する。

「ゴダル王国はどうだ？　草原地帯の支配者が不気味すぎるのが気になるが、魔王国と遠く、物理的な支援は望めないだろう。攻撃対象としてはお薦めではあるな」

ゴダル王国とは、この大陸のほぼ南端に位置し、草原地帯の入り口付近に、国土を接している国だ。

ちなみに男たちの組織に、ゴダル王国出身の人間は少ない。

なぜなら魔王国とゴダル王国の間には二つの国があり、魔王国の直接的な侵攻が及ばなかったからだ。このため、ゴダル王国は終戦後もっとも早く魔王国との国交が回復した国の一つであり、国民に魔王国に恨みを持つ者は少ない。

「なら、ゴダル王国で情報収集してみるか」

「ああ、このジーラッド聖国じゃ、正確な情報は集められないからな」

「この国に都合のいい話しか入ってこないからな」

他の男たちも、ゴダル王国を攻撃対象に、という意見に次々と賛同した。

「では、ゴダル王国に人員を派遣しよう」

こうして情報収集を得意とするテロリストが、ゴダル王国へ派遣されることが決められた。

二十三話　強くなりたいポーラ

「エイッ！　エイッ！」

草原地帯に、可愛い声が響く。

短めの木剣《ぼっけん》を一生懸命振っているのは、俺――シグムンドが目を治した幼女、ポーラちゃんだ。

最初、ポーラちゃんは貧しさから発育不良だった。

だから二歳か三歳くらいかと思ってたんだが、実は五歳くらいになるらしい。受け答えがしっかりしているはずだ。

五歳くらいと曖昧なのは、正確な誕生日が分からないから。

ちなみに城塞都市にある孤児院に来てから、ポーラちゃんは食べる物に不自由しなくなり、痩せていた体もふっくらとして、年相応になっている。

だから、木剣を振るう体力的には問題ないんだろうが、それでもまだ五歳のポーラちゃんが、真剣な表情で素振りをしているこの光景には、違和感がありまくりだ。

そして、そのポーラちゃんの側には、腕を組んで見守るミルとララがいる。

ミルたちとポーラちゃんは、師匠《ししょう》と弟子《でし》って関係性なんだろうか？　三人とも、とても可愛いのだが、どうしてこんなことになってるんだ？　という疑問の方が先に来る。

俺は横にいるリーファに聞いてみる。

「どういうこと？」

「……さぁ？」

なぜリーファに聞いたのかというと、今ポーラちゃんに剣の型を教えているのがセブールだから、手の空いてるリーファに尋ねたんだ。

ミルとララは見てるだけだから、実際は師匠というより、師匠ごっこかな？

「旦那様、見学でございますか？」

ポーラちゃんに指示を出した後、俺に気付いた様子のセブールが近付いてきた。

「まあ、見学といえば見学だけどさ。なあセブール、五歳のポーラちゃんに戦闘訓練はまだ早いんじゃないか？」

「ええ、ポーラ嬢には、厳しい訓練はまだ早《はよ》うございます。ですからまず、正しく剣を振る動作を身につける訓練をしています」

セブールが笑顔で、トンチンカンなことを答えてくる。

「え～と、そうじゃなくて。ポーラちゃんはまだ五歳なのに、なんだって戦闘訓練なんかしてるんだ？」

こうしてセブールに説明してもらったところ、なんとポーラちゃんは、自発的に訓練がしたいと言ったらしい。

「ミルーラ嬢やララーナ嬢と一緒に、オオ爺サマに登って遊ぶ際、どうしてもポーラ嬢の身体能力は劣りますから、それが悔しかったようですな」

「まあ、別に人族としては年相応だと思うんだが。ミルやララと比べちゃダメだよな」

俺の眷属となって進化し、深淵の森の拠点周辺で、魔物を倒しながら歩いているミル、ララと、まだ五歳で普通の人族のポーラちゃんが、比較になるはずがない。

だけどもしかして、そんなに呑気に構えてる場合じゃないのか？

ポーラちゃんがミルやララと仲がいいのは、城塞都市で暮らす者ならみんな知っている。

これから草原地帯に移民が増え、外から訪れる人間が増えれば、俺、ミル、ララと知り合いだというだけで、ポーラちゃんを誘拐《ゆうかい》とか、よからぬことを考える輩が出てきても不思議じゃない。

「パワーレベリング……ありなんだよなぁ」

俺が呟くと、セブールがすかさず言う。

「はい。ポーラ嬢の安全のためには必要でしょうな」

「もしかして、ゆくゆくは魔物狩りとかさせるつもりか？」

「それも選択肢の一つと考えています」

ポーラちゃんに限らず、子供たちには本気でそういった訓練が必要かもしれない。みんなを俺が庇護していくのは当然だが、自分で身を守る力も必要だからな。

「……孤児院の子供たちを含めて、パワーレベリングを考えてみてもいいかもしれないな」

「はい。過度にやりすぎる必要はありませんが、戦闘能力自体は身につけてもいいでしょう」

このまま草原地帯にやって来る人が増え続ければ、俺たちの方でチェックするにも限界があるだろうしな。監視の網から漏れた危ない奴らが、子供たちに何か悪さをする前に、対策するに越したことはないだろう。

「いち、に！　いち、に！」

いつの間にか素振りを終えたらしいポーラちゃんが、ミルとララに先導され、ランニングを始めた。

ミルとララの二人が、ちゃんとポーラちゃんのペースに合わせていて感心だな。

さて、パワーレベリングの件、どうするのがいいか、セブールに相談だ。

「実際にやるとしたら、ロダン司祭やアーシアさんたちと相談してからだな」

「はい。孤児院の運営は教会にお任せしていますから、責任者であるロダン司祭、アーシア様、メルティー様と話し合う必要はあるかと」

なんとなく子供たちの保護者というと、教会の人たちという感覚があるんだよな。

城塞都市を作り、教会と孤児院を建てて子供を集めたのは俺だから、俺がここの責任者と言えなくもないが、日常孤児院の子供たちの面倒をみてくれているのはロダンさんたちだからだろうか。

「それと、仮にパワーレベリングするとしたら、どの程度すればいいのか考えないとな」

「はい。我々の強さの基準は、世間の基準とはかけ離れていますから」

でも俺、正直言って、他人の個々の強さの違いがよく分からないんだよな。

オオ爺サマくらいになると、そこそこ強いって感じるんだが、この間の砂漠の邪神なんて雑魚としか思えなかったしさ。

それにセブールやリーファの強さも、世間一般の常識から外れてるだろう。

だからパワーレベリングをやるとしたら、俺たち以外の人間に任せた方がうまくいく気がする。

「……ボルクス殿に、子供たちの訓練を指名依頼をするのはどうでしょうか？」

どうしようかと考えていると、セブールからボルクスさんの名前が出てきた。

「ボルクスさんか……ちょうどいいのか？　とはいえ、レベリングする場所が問題だな」

「そうですな。その辺り、場所の選定はお任せください」

「うん、頼むよ」

ボルクスさんは、今もたまに城塞都市まで馬車の護衛で来てたりする。その時、時間の都合なのか、ルノーラさんやミルやララに会わないこともある。だけど、仕事絡みならミルやララとも堂々と会えるだろう。

まあ、誰に鍛えてもらうにしろ、先にロダンさんたちと相談だな。

というわけで早速教会に向かい、ロダンさんとアーシアさんを相手に話し合いを始める。

内容は、ポーラちゃんをはじめとした、孤児院の子供たちにパワーレベリングをしてもいいか？　っていう許可取りだ。

孤児院にはまだパワーレベリングは無理な赤ちゃんもいるが、あと数年で孤児院を退所する子もいる。

その子たちが、農業へ進むのか、草原地帯で始まった酪農業を志すのか、それとも商人の道を選ぶのか、選択肢はいろいろとある。

だがどの道に行くにしても、レベルが高いことはメリットになりこそすれ、デメリットになることはないいんじゃないかと伝えていく。

「レベリングですか……確かに、魔族の武門の家では、幼い頃からレベルを上げ、武芸の素地を作ります」

「魔族の中でも、特に貴族は多いですわね。これも必要な教育と言えるのかも……」

ロダンさんとアーシアさんはそう言って、レベリングに興味を示してくれた。

そんな二人の反応を見て、俺はあることを思いつく。

「そうだ、子供たちもだけど、ロダンさん、アーシアさん、メルティーさんの三人も、少し一緒にレベリングしたらどうだ？」

ロダンさんとアーシアさんは魔族で、それなりに長く生きているだけあり、人族と比べるとレベルがそこそこ高い。とはいえ、外敵から子供たちを守れるかと問われると難しい。

そこでロダンさんたちのパワーレベリングも提案してみたんだ。

「私たちが、ですか……」

戸惑うロダンさん。だけど俺の提案に、セブールは賛成みたいだ。

「それはいいですな。ロダン殿、アーシア殿、メルティー殿に、外敵に抗《あらが》う力があれば、子供たちの安全に繋がります」

それに、どうせ子供たちのレベルを上げるとなれば、ロダンさんたちが付き添うだろうしな。一緒にいるなら、ついでにレベリングするのは手間にならない。

ちなみに、ロダンさん、アーシアさんは、先代魔王の引き起こした戦争に従軍してたらしい。だから、二人は戦闘に関して素人《しろうと》じゃないが、メルティーさんは普通の人族の若い娘さんだ。彼女に配慮した訓練を考えないとな。

とりあえず、ロダンさんたちが先行してレベルアップして、その後に様子を見て、他の孤児院を手伝ってくれているシスターさんたちにも勧めるという感じでいいだろう。

「そうですね……ひとまず、子供たちのレベリングについて確認させてください。本当に子供たちに、魔物を相手としたレベリングが可能なのでしょうか？」

「そうです。そもそもレベルアップといっても、どうやって戦うのですか？　魔法の素養がある子もいるかもしれませんが、今の孤児院では適性の検査もしていませんし、魔法を教えてもいません」

ロダンさんとアーシアさんが不安そうに言った。

確かに、小さな子供たちがどうやって魔物にダメージを与えるのかって、イメージが難しいだろうな。剣や槍を持てる子なんて少数だし、その子たちよりもっと幼い子の方が、孤児院には多い。

でも俺は物作り大好きだからな。子供たちが扱いやすい武器や防具を工夫して考えるのは、それはそれで楽しみだ。

「レベリング時の戦闘方法は、こっちに任せてくれていい。大丈夫、子供たちのことを第一に考えるからさ」

「ご安心ください。旦那様なら問題ないでしょう」

俺が言うと、セブールも自信たっぷりに続けた。

するとロダンさん、アーシアさんは、頭を下げて了承を示してくれる。

「……分かりました。シグムンド殿、お願いします」

「お願いします」

「ああ、任せてくれ」


というわけでその直後、俺はセブールと、早速レベリングの打ち合わせを始めた。

「レベリングの相手、深淵の森の魔物はさすがにまずいよな」

「はい。ミルーラ嬢やララーナ嬢、ルノーラ様の時とは違います。あまりに急激なレベルアップは、体力のない幼い子供たちには危険です」

「だよな」

ルノーラさん、ミル、ララの時は、いきなり深淵の森の魔物と戦ってパワーレベリングしていた。

一応、最初のうちは弱めのヤツを選んでたんだが、それでもレベルの上昇幅は大きかった。

ルノーラさんたち三人にそれが可能だったのは、彼女たちが俺の眷属だったから。

そうじゃない孤児院の子供たちには、あの上昇幅は少々きついと思う。

種族の特性として、体が丈夫である魔族の子供なら大丈夫だろう。だけど人族の子供たちには、急激なレベルアップは危険でしかないんだ。

「レベリング用の魔物は、深淵の森以外から俺が確保してくるか」

「それがいいでしょうな。旦那様なら影牢を使い、大量の魔物を生きたままストックできますから」

「だな。で、レベルアップの下地ができたら、深淵の森の魔物を使うか」

「……深淵の森の魔物は少々やりすぎのような気もしますが、最終的にそれが子供たちの安全に繋がるならやむをえませんな。いいと思います」

人間だと、闇魔法で作った空間に長時間閉じ込めておくのは難しいが、その点魔物は丈夫だから楽でいいな。むしろ、いい具合に弱って、子供たちにとってちょうどいい相手になるだろう。

「あと旦那様、子供たちに持たせる武器も必要です」

「そうだったな。さすがに、剣や槍で近接戦闘なんて、子供には早いかもだしな」

よし、次は子供たちに持たせる武器をどうするのか考えていこう。

将来的に冒険者になりたいと希望している年長の子たちなら、剣や槍の扱いを指導するのも悪くない。

でも相手が魔物とはいえ、直接傷つけたくない子もいるだろう。それに、武器を振るえないくらい幼い子のことも考慮しないといけない。

「軽くて狙いやすく扱いやすい、遠距離攻撃の手段が必要だな」

「それが無難《ぶなん》でしょうな。ある程度レベルが上がり、本人たちが希望するなら、剣や槍の使い方を指導すればいいのではありませんか？」

「それがいいな。そうしよう。となると、安全に使える遠距離武器を作らないとな」

「加えてある程度、威力のあるものがいいでしょう。深淵の森の魔物は手強《てごわ》いですからな」

こうしてセブールと話し合い、子供たちのレベリングについて、大筋の内容が決まる。

そしてパワーレベリングの前に、まずは子供たち用の武器や防具を用意することになった。

そういや、防具はどうしよう。鎧は無理でも、セブールやリーファの糸を使った丈夫な服を用意すれば、雑魚の魔物が相手なら十分かな。

二十四話　装備作りは念入りに

俺はパワーレベリングのために、子供たちの武器と防具を作り始めた。

だけどこれ以外にも、草原地帯には近々イベントが迫っている。ウラル王国から移民がまとめてやって来る日が近付いてるんだ。

農地と住まいは俺が魔法で作ったので、あとは受け入れるだけなんだが、いきなり人が増えるといろいろとあるんだよな。

一番最初から城塞都市内に暮らしていた孤児と教会関係者、その後に城塞都市の外に農地を開拓して受け入れた移民たち。そのくらいまでなら、慎重に人選しているし、俺の目も届くので心配なかった。

だが、そろそろ治安維持に関して真剣に考える時が来たんだろうとも思っている。

ダーヴィッド君が責任者となり進めている移民事業は、慎重に人選していることもあり、極端にひどい者はいない。だけど最近は、西方諸国から勝手に移住してくる流民も結構増えた。

そのせいで現状、真面目に働く気のない奴らも一定数住みついている。

こういった俺たちが意図しない流民の存在によって、治安の心配をしなきゃいけなくなったんだ。

ちなみにこれが、孤児院の子供たちへのパワーレベリングを進めていこうと決意した、原因の一つでもある。

俺がいろいろと思いを巡らせつつ、工房で作業していると、セブールがやって来て報告する。

「十人ほど処理いたしました」

つまりセブールは、ここの噂を聞き西方諸国から流れてきた流民を処分したんだ。

「はぁ……ご苦労様。やっぱり勝手に流れてきた組か？」

「はい。単身の男たちです。スラムのゴロツキでしょう」

「ダーヴィッド君経由以外の移民は、今後受け入れを制限すべきだな」

ダーヴィッド君が主導する移民事業は、誰彼なしに連れてくることはない。だから、トラブルもなかったのだが、その他の勝手に流れてきた流民の中には、一定数ろくでもない奴らも交ざっているんだ。

もちろん、本当に困窮していて、幼い子を連れ、藁にも縋る思いで草原地帯にたどり着く者もいる。そんな人たちは、ほぼ全員が真面目に働いてくれるし、トラブルも起こさないんだ。

だけど、真面目に働きたくない奴らがやって来ては、トラブルを起こす。

その前に察知して排除するのが、俺、セブール、リーファなんだ。

「魔王国を通じて、西方諸国連合に対し、正規の移民以外は受け入れないと周知してもらいましょう」

「それがいいだろうな。本当に救いを求めている人たちは受け入れるしかなさそうだけど」

「その辺りは、私が調整いたしましょう。旦那様のおかげで、闇魔法も上達いたしましたから」

「頼むよ」

セブールが、草原地帯にたどり着いた者の選別をしてくれるらしい。

闇魔法の中に対象の思考を読む魔法があるからな。それで篩《ふるい》にかけるようだ。

「しかし、ここに来て、働かないって選択肢を取れる奴が信じられないな」

「ええ、ここには必要のない者ですな」

「だよな」

仕事がなくて、働きたくても働き口がない場所なら、働かないってのもまだ理解できる。だが、ここには仕事はなんでもある。

農業、酪農、商人に職人。俺が手を出さなきゃ、人手はいくらでも必要なくらいなんだ。

そんなこの城塞都市で、仕事に就かず他人から奪って暮らせばいいと流れてくる馬鹿が、一定数いるんだ。嘆《なげ》かわしいよな。

考えるのもアホらしいので、そんな面倒な奴らの話はおいとこう。

それより子供たちの装備を作らないとだ。

「それが子供たちの武器ですか？」

俺が作業を再開すると、セブールが俺が手に持つ武器を興味深そうに見てくる。

「ああ。もちろん補助は必要だが、これなら小さな子供でも大丈夫だと思う」

俺が子供たちのために作ったのは、クロスボウだ。小さな子供でも持てるよう、極力軽く作ってある。これなら、ブランやノワールが矢の装填《そうてん》を補助すれば、子供たちは引鉄《ひきてつ》を引くだけでＯＫだからな。

「なるほど、防具はどうされます？」

セブールからそう聞かれたので、俺たちが日常的に使っている深淵の森産の繊維や、セブールとリーファ産の糸から織られた布地で、服を作るのはどうかと話す。

「だけどセブールたちの糸で作るのは、人数的に厳しいか？」

「そうですな、さすがに全員分というのは骨が折れるかと。サイズを気にしなくてもいい、アクセサリーを贈るのはいかがでしょう」

確かにアクセサリーなら、魔法でサイズの自動調整を付与できるから、全員同じものを作ればよくなる。それに孤児院の子供たちが日常的に着けられるから、護身という観点でも有効だろう。

「……アクセサリーか、悪くないな。腕輪あたりを作って、常に着けてもらうってのもよさそうだ」

　というわけで俺は、早速アクセサリー作りに取りかかる。

「じゃあ、腕輪にしようか。シンプルなデザインにすれば、金目のものとして狙われることはないだろうし、サイズの自動調整があれば落とすことも少ないだろうし、ちょうどいいな」

「統一したデザインにして、子供たちが旦那様の庇護を受けていることを周りに示すのも、防犯になるでしょうな」

「そうだな。よし。じゃあとりあえず作ってみるか」

　俺は工房のストックスペースから、腕輪のベースにする銀を取り出すと、そこに少量のミスリルを融合させる。そして普通の銀よりも少し魔力の親和性《しんわせい》が上がった銀の合金に、慎重に少しずつ魔力を流し込んでいく。

　俺の無駄に膨大な魔力量、こんな繊細《せんさい》な作業の時には面倒なんだよな。

　だが魔力を流し込んでいくうちに、銀合金だったものが、やがてミスリル独特の色合いへと変化する。

　そう、俺が作ってたのはミスリルなんだ。

　ミスリルは魔法銀と呼ばれるくらいだから、もとは銀に近い金属だ。銀が地脈に流れる濃密な魔力に長い年月触れ、変質したのものがミスリルと呼ばれている。

　ミスリルの一番の特長は、魔力に対する親和性にある。

ミスリルで剣を作れば、魔法を放つ魔法剣として使用できるし、魔法を発動させなくても、魔力を流すだけで切れ味がグッと上がる。

そして防具に使えば、魔法に対して高い耐性を持つ一級品となる。

「……ミスリルを作ってしまわれるとは、旦那様はもはや、人の枠を超越した存在ですな」

「言いすぎだよセブール。まあ、誰にでもできる技術じゃないけど、繊細な魔力操作が可能で魔力量があれば、俺以外でもなんとか作れると思うぞ」

「その神のごとき魔力操作と、古竜をはるかに超える魔力量が、人の枠の範疇《はんちゅう》を超えていると言っているのです」

セブールが半分呆れ気味に賞賛《しょうさん》した。

そうかな。頑張れば作り出す者もいると思うけどな。

ところで今回、ミスリルのストックがあるのに、なぜわざわざ一からミスリルを作ったのかというと、俺の魔力で作ったミスリルには、付与魔法を使う時の余白が増えるというか、メモリが増設されるというか……とにかく付与できる魔法が段違いに多くなるんだ。

これが、俺以外が付与魔法を使うのなら関係ないんだろう。けど俺の自作のミスリルには、俺の魔力がよく馴染《なじ》む。

よって、いつも以上に付与効果の数を増やせるんだ。

俺は普通のシルバーのシンプルな腕輪に見えるよう気を付けながら、孤児院の子供たちの人数分のミスリルのアクセサリーを作り上げていく。

あとはセブールと相談しながら、付与する魔法の内容を決めていけば完成だな。

◇

こうしてアクセサリー作りが終わって数日後。

俺は今一人で、大陸の西側に来ている。そして魔物を探しては確保している。

俺の眷属ではない幼い子たちが、深淵の森の魔物でレベルを上げをするのは、体の負担が心配だ。

なのでこうして、森以外の所から魔物を調達しているというわけ。

俺が留守でも、セブールとリーファがいれば、草原地帯の警備は問題ないだろう。戦力的には、ほかにもゴーレムたちとアスラがいるからな。

ちなみにゴーレムの中でも最強格のクグノチは、深淵の森の拠点を守っている。

だから草原地帯や森はみんなに任せ、機動力があり、殺さず魔物を捕獲してストック可能な俺が、大陸中の魔物を求めて飛びまわる。

深淵の森と草原地帯の間に走る、山脈近くの国や、魔王国の国境付近の国は、以前リーファたちと見てまわったので、転移で一瞬だ。

「……とはいえ、ゴブリンはないな」

そう呟いた俺の目の前で、ゴブリンが喚く。

「ギャ！　ギャギャッ！」

大陸の西側上空を飛びまわり、気まぐれに降り立った地で出くわしたのが、このゴブリンだ。

ファンタジーものの大定番。物語序盤に出てくる雑魚敵として有名なゴブリンの扱いは、この世界でも変わらない。

「どこの国かは分からんが、ちゃんと魔物の駆除してるのか？」

「ギャ！　ギャギャギャッ！」

魔法で作った光の鎖が十二本、俺を起点にして放射状に伸び、ゴブリンたちを突き刺しながら殲滅していく。

ここがどこの国の領地なのか、正確には分からないが、ゴブリンが繁殖して大きなコロニーになってしまっている。

数百匹のコロニーにもなると、この群《むれ》を統率する上位種が存在する。だが俺にすれば、ただのゴブリンもゴブリンキングも大差ない。

攻撃を光の鎖にしているのは、攻撃と同時に浄化しているからだ。

だってゴブリン、臭《くさ》いんだもの。

俺がゴーストだったりスケルトンだったりした頃なら、臭《にお》いなんて気にしなかっただろうが、進化して嗅覚を獲得してからは望んで狩りたい魔物ではなくなったたな。

だから俺は、そんな臭いゴブリンの駆除用に、新しい魔法を急遽用意した。それがこの鎖というわけ。

光の鎖がゴブリンを貫き、次の瞬間ゴブリンは浄化の炎に包まれ、魔石を残して消滅する。

ちなみに浄化の炎は周囲の草木には影響なく、仕留めた魔物のみを燃やす炎だ。

この光の鎖と浄化の光がセットとなった魔法には、不動明王《ふどうみょうおう》の浄化の炎からイメージして「光炎縛鎖《こうえんばくさ》」と名付けた。

俺はこの世界の常識を知らない。加えて、俺自身が魔物だった時に本能とイメージで魔法を使ってたおかげで、自由度の高い魔法が使えている。

だからこういうオリジナル魔法を自在に生み出せるんだ。

一部の人型魔物は別にして、魔物は呪文《じゅもん》なんて唱えないからな。人間だと呪文に縛られてしまい、自由な魔法の創造が難しいんだ。

そうこうしつつ、俺はゴブリンの大コロニーをサクッと潰し、次の狩場に来ている。

「何してんだろうなぁ」

「プッギャァァ!!」

影魔法でできた鎖を使い、オークを次々と貫き、殲滅していく。

「ゴブリンやオークは、国で積極的に駆除しなきゃダメだろう」

「プッギャァァ!!」

なぜか俺は、今度はオークの集落を潰していた。

人里離れた場所なら放置したんだが、近くに村がある場所に、三百匹のオークが集落を作っていたら潰さないとダメだよな。

まあ、オーク肉は移民たちの食料になるので、基本的に全部持って帰るけどさ。このオークも臭いから、孤児院の子供たちのレベリング相手にはふさわしくないと思う。

しかしなぁ。そこそこ魔物もストックしたから、もういいかとも思いながらも、魔物が湧いてるのを見つけたら、見て見ぬふりはできないよな。

大規模な集落を作っていないオークなら、中堅冒険者のいい稼ぎになるんだが、三百匹くらいの群になると、冒険者だけじゃなく国軍を動員する案件になる。

殲滅を終え、オーク集落の粗末《そまつ》な小屋を潰していると、空からヤタが降りてきた。

「ご苦労様だな、マスター」

「おう。本当によけいな仕事だよ」

「マスター、あっちによさげな魔物を見つけたぞ」

おっ、手頃な魔物を見つけてきてくれたのか。

「ほう、何系の魔物なんだ？」

でも先に、何系の魔物か聞いてみる。ヤタのセンスは信じてないからな。

とはいえ、俺よりも普段からあちこち飛びまわっているヤタの方が、この大陸の魔物をよく知っているのも事実だ。

「猪《いのしし》系と蛇《へび》系だな。上位種を含めいろいろといるぞ」

「それはいいな。子供たちに狩らせた後、みんなで食べれる」

「だろ。蛇は大きいが、肉に毒はない種類のヤツだから食えるぜ」

「蛇系の魔物はタフだから、レベリング的にはちょうどいいな」

こうしてヤタの案内で魔物の所へ行き、いろいろな種類を捕獲していく。あまり小さな個体はスルーし、狙いをつけやすい大きめの個体を選んで影空間に収納した。

途中、虫系の魔物とも遭遇したが、レベリングに使うには見た目に問題ありそうだと思い、向かってくるのを駆除するに留める。

虫が苦手な子もいるかもしれないからな。

「マスター、大きい魔物優先にしたってトロールは逆にデカすぎて、ないと思うぞ」

「やっぱり？　じゃあ、狩って魔石だけ確保しとくか」

「トロールの皮とか、ボルクスあたりにあげりゃ喜ぶだろうけど、これ以上アイツをマスターが甘やかすのもどうかと思うからな」

「だな」

ヤタに言われた通り、巨体のトロールは仕留めて魔石を回収した。

「しかし、トロールなんてよくいたな」

確か世間的にトロールは、高ランクの冒険者がいくつかのパーティーで討伐する魔物だと聞いたことがある。まあ、深淵の森じゃ見ないって時点で雑魚なんだけどな。

「この土地は深淵の森とは山脈で隔《へだ》てられてるけど、山に近い場所は魔力が濃い目だからな」

「ふ～ん」

「だけどマスターやオオ爺サマの基準になってる魔力の濃さは、深淵の森や南の大陸だから、ここ程度の濃さじゃ他の場所と大差ないって感じかもな」

「だな」

そんな会話をしつつ、その辺の魔物をひとしきり捕獲した。

「じゃ、あとは深淵の森で、子供たちが引かない程度に見た目のマシな魔物を確保しようか」

「……マスター。深淵の森の魔物と戦わせるってマジか？　子供たちを一体何にするつもりだ？　さすがに、それはやりすぎだと思うぞ」

「う～ん、そうだな。でもまあ、深淵の森の魔物でも一匹くらいなら大丈夫だろ？　みんなでダメージを与えるから、経験値も分散するしな」

もちろん、いきなり深淵の森の魔物と戦わせるわけじゃなく、さっき捕まえた魔物たちで先にレベリングすること前提だ。こんだけ捕まえた魔物を全部倒した後なら、子供たちでも深淵の森の魔物を相手にできると思うからさ。

「まあ、マスターがいいって思うなら文句はないけどよ……あとでセブールやリーファに、オレは一応止めたって言っておいてくれよな」

「分かった。分かった」

まあ、ヤタが心配するのも分かる。この辺りの魔物と深淵の森の魔物では、明確な格の違いがあるからな。

でも俺たちがついてるから、子供たちのレベルは問題なく上がっていくだろう。

加減を間違えたら、幼児たちが西方諸国連合の誰よりもレベルが高いってことになりかねないな。

まあ子供たちは武術の素人だから、たとえレベルが高くても、戦いを職業にしている相手には戦闘能力で劣るだろうけど。そうはいっても、問答無用で一方的に害されることもまたないはずだ。

子供たちの強さのレベル的には、それで十分だと思う。

さてと、草原地帯に帰るか。

◇

そんなこんなで、俺は大陸中を巡っての魔物捕獲を終え、草原地帯へと戻ってきた。

あとはレベル上げをする場所だけど、人目につかず、なおかつあまり孤児院から遠くない方がいいだろうな。まあでも、距離の問題は、俺が転移で運べばいいから重要じゃない。

俺が戻ったことを感じたのか、リーファとセブールが姿を見せる。

さすが血の眷属だけあり、二人には俺の居場所が分かるんだよな。

「おかえりなさいませ、ご主人様」

「おかえりなさいませ、旦那様。首尾は上々のようでございますな」

「ああ、ただいま。レベリングに向かない魔物も多くて、選ぶのが大変だったけど、ヤタの協力もあったからなんとかなったよ。それで、パワーレベリングの日程はどうなった？」

俺が尋ねると、セブールが報告してくれる。

「ロダン殿、アーシア殿、メルティー殿と相談したところ、孤児院と教会のお仕事もあるので、全員が一度にレベリングに向かうのは難しいとのことです」

「それはそうだな。他にもシスターがいると言っても、教会の中心である人たちが一斉にいなくなるのはまずいか」

「はい。ですので、何度かに分けていただきたいと思います」

「そうだな。面倒だけど、その方がいいだろう」

ちなみに子供たちのパワーレベリングには、レベル上げ後のロダンさんかアーシアさんに付き添いをお願いするつもりだ。二人は、個の能力が高い魔族で、しかも従軍経験があるからな。二人がいるだけで子供たちも安心するだろう。

なので、ひとまずロダンさん、アーシアさんの二人を連れ、レベリングのために城塞都市から少し離れた場所に移動することに決める。

移動の手段はもちろん、俺の転移だ。

「……シグムンド殿は、転移魔法が使えるのですね」

「転移魔法……」

転移魔法を初めて経験し、少しロダンさんとアーシアさんが混乱してるけど、それは仕方ない。

セブールの話によると、時空間魔法に適性のある者はごく少数で、使えてもせいぜい容量の小さなマジックバッグを作れる程度らしい。

その容量の小さなマジックバッグでもとても高価で、貴族や豪商《ごうしょう》じゃないと買えないそうだ。だから転移魔法ともなると更に希少で、基本的にはこの世界でも目にすることのない魔法の類《たぐい》になるらしい。

そして俺、セブール、リーファ、ロダンさん、アーシアさんは、目的の場所に着いた。

「旦那様、この辺りで大丈夫でしょう。一応、認識阻害の魔法を掛けておきます」

「了解、セブール。一応リーファは、ロダンさんとアーシアさんの護衛を頼む」

「承知しました」

ここは草原地帯の岩山の城よりも、少し東の辺りだ。

そこに俺は小さめの結界を張る。そしてセブールが結界の中に認識阻害の魔法を掛け、万が一周辺から偵察されても、見られないようにしておく。

そして準備が終わったので、ロダンさんとアーシアさんに声を掛ける。

「ロダンさん、アーシアさん、心の準備はいいですか?」

「あ、ああ、大丈夫だ」

「え、ええ、私も大丈夫です」

ロダンさんはメイスを構え、アーシアさんは短槍《たんそう》を構える。

司祭のロダンさんの得物《えもの》がメイスなのは、なんとなく聖職者の武器はメイス！　って思い込みがあるからイメージ通りだけど、シスターのアーシアさんの得物が短槍なのは少し意外だな。普段の優しげなイメージとのギャップが激しい。

ともあれ、二人の準備はOKそうなので、俺はストックしてある魔物のうち、そこそこ強そうな魔物を選んで影空間から出す。ただし危険がないよう、影魔法で魔物の動きを抑制してある。

「オ、オーガ！」

「!?」

ロダンさんとアーシアさんが、俺が影空間から放ったオーガに驚いている。

「大丈夫です。拘束しているので、自由に攻撃してください」

「あ、ああ、分かった」

「はい！」

ロダンさんとアーシアさんはそう返事をすると、覚悟を決めた様子で、オーガに向かって駆けだす。

俺がオーガを出した理由は、いくつかある。

ロダンさん、アーシアさんは、孤児院の子供たちと違い、種族の特徴として頑強な性質を持つ魔族だ。なおかつ従軍経験があるから、レベリングに下位の魔物を出しても非効率だろう。

ちなみに他にもロダンさん、アーシアさんのレベリング用魔物には、オーク系も用意してある。オークは上位種であれば、倒した時の経験値がそれなりに稼げるからな。

なお、深淵の森にゴブリンやオークはいない。基本的に、大きな群を作るような魔物は、深淵の森では餌にされてしまうんだ。ゴブリンやオークじゃ、「キング」、「ロード」といった種族名が冠される支配種でも弱者という扱いになる。

まあそれでも、支配種なら外縁部では通用するかな？　とはいえ、それでも狩られる側なのは変わらないけど。

俺がそんなことを考えてる間にも、ロダンさん、アーシアさんはオーガと戦い、順調にレベル上げをこなしていく。

そしてある程度レベルが上がったところで、ロダンさん、アーシアさんが言う。

「戦闘系のスキルを鍛えたいので、拘束してない魔物をお願いできますか？」

「拘束されて身動きできない相手では、戦闘技術が磨けません」

もう闇魔法で動きを抑制してない魔物を出してほしいだなんて、二人とも成長速度がすさまじいな。

俺は二人のやる気に応えて、新たに魔物を追加することに決める。

「レベルが上がった今のロダンさん、アーシアさんなら大丈夫でしょう。なら、オークを一匹ずつ出しましょうか」

「「お願いします」」

こうして俺が影収納からオークを追加し、再び戦闘が始まった。

レベルアップで上がった身体能力と魔力で、すでに格下となったオークを危なげなく倒していくロダンさんとアーシアさん。

その後はオークの数を増やしたり、上位種へと変えたり、オーガやウルフ系の魔物を交ぜたりと変化をつけながらレベリングを続け、二人のレベルや戦闘系スキルのレベルは、順調に上がっていく。

ちなみに当然ながら、俺とセブール、リーファは、いつでも介入できるよう細心の注意を配っていた。途中からセブールやリーファもアドバイスをするようになり、ロダンさん、アーシアさんの戦闘技術は磨かれていく。

しかしこれ、魔王国の精鋭兵士を超えるくらい強くなっちゃうんじゃないかな。まあ、孤児院の安全性が上がるならいいか。

二十五話　この世界の子供たちは逞しかった

ロダンさん、アーシアさんに加え、その後で行われたメルティーさんのパワーレベリングも成功し、全員のレベルと、戦闘系のスキルレベルが上昇した。

ヘタしたら魔王国の精鋭であるイグリスの部下にも負けないレベルになったかもしれない。というか実際、ロダンさんとアーシアさんに関しては、それくらいのレベルに達している。

戦闘経験のなかったメルティーさんは、二人のレベルにまで達することは難しかったが、それでもリーファから戦闘技術を学び、それなりに戦えるくらいにはなった。

そして今回はいよいよ、孤児院の子供たちを連れてのパワーレベリングだ。といっても全員はさすがに多すぎるので、まずは半数のレベリングを予定している。

万が一にも危険なことがあってはならないので、俺、セブール、リーファに加え、クグノチも来ている。そして子供たちに安心してもらうために、ロダンさん、アーシアさんにも付き添いをお願いした。

レベルと戦闘技術を鍛えたロダンさん、アーシアさんなら、今は深淵の森の外縁部から出てきた魔物くらいなら対処できるだろうしな。

とはいえ、魔力を遮断していない俺がここにいるので、森から魔物が近寄るなんてまずないだろうが。

でもそもそも、そういった心配自体が必要なかったかもしれない。

「エイッ！」

「ヤァ！」

「次は、オレだ！」

レベリングが始まると、孤児院の子供たちはまったく怖がらずに、俺が影空間から出した魔物に攻撃を始めた。

安全を考慮して、子供たちがレベリングしている間は魔物の拘束を解くことはない。だが、それにしても思いきりがよすぎる気がするのは俺だけか？

ちなみに、子供たちの先頭に立ち魔物に攻撃しているのはポーラちゃんだ。

今回の孤児院の子供たちへのパワーレベリングは、ポーラちゃんがきっかけだった。そしてもともとミル、ララ、セブールに鍛えられていたせいか、ポーラちゃん自身も積極的にレベルアップを頑張っているな。

俺とセブールは、魔物と戦う子供たちを、側で見守っている。

「なあセブール。これ、相手がゴブリンとかでも平気だったかもな」

「まあ、そうですな。ですが、最初は動物系からでよかったのでは？」

「それもそうか」

あまりにも躊躇なく魔物に攻撃する光景に、見た目が怖かったり体臭が臭かったりする、ゴブリンやオークをレベリング相手にしても大丈夫だったかもと悩んでしまった。

でもセブールの言う通り、中にはいかにもな魔物を相手にするのは、苦手な子もいるかもしれないしな。

「エイッ！　エイッ！」

「ポーラちゃん、すごいね！」

どの子も度胸《どきょう》があるけど、やっぱり特にポーラちゃんの動きがいい。孤児院でみんなに先駆《さきが》けて、強くなろうと頑張ってただけはあるな。

子供たちのレベルが上がり始めると、目に見えて身体能力が向上しているのが分かった。

そこで、いったんレベリングを中止し、武術の指導を挟む。

「セブール、リーファ、武術の型を少し教えてあげてもらえるか」

「それはようございますな。身を守るためには必要かと」

「では、私が護身術を教えますね」

「頼むよ」

こうして子供たちは、簡単な武器の扱いと、素手での護身術も習得した。

その後で休憩と食事を挟み、レベリングと武術の訓練を日が暮れるまで続けた。

当初パワーレベリングは、孤児院の半分の人数の子供たちを、それぞれ交互にレベリングして、二日の行程で終わる予定だった。だけど、孤児院の子供たちからのお願いで、倍の四日に期間が延長されてしまった。

しかもその四日間、なぜかポーラちゃんは皆勤賞《かいきんしょう》だった。

おかげでポーラちゃんだけだいぶ強くなりすぎた気もするけど、子供たちの安全のためにはいいのかな？

◇

城塞都市に暮らすみんなのレベリングが終わって数日後。

俺は森の拠点に戻り、リビングでお茶を飲み、ゆっくりとくつろいでいる。側にはセブールと、リーファもいる。

「そういえば、ロダンさんとアーシアさんにも装備を渡した方がいいかな？」

俺が相談すると、セブールが微妙な顔をする。

「……ロダン殿やアーシア殿は聖職者ですから、普段から武器の携行はしないでしょうな」

「ああ、それもそうか」

物騒な世界ではあるが、さすがに教会の司祭やシスターが普段から武器を持っていたらおかしいよな。

「でもお祖父様、暗器《あんき》なら持てるのでは？」

俺たちの話を聞いていたリーファが、そう提案してくれた。

セブールも、リーファの言葉を受けて自分の意見を述べる。

「ふむ。暗器もありですな。ですが、それよりもアクセサリー型のマジックバッグを用意した方がいいかもしれません。容量が極小なら大きな問題にならないでしょうし」

「それはありだな。ロダンさん、アーシアさん、メルティーさんにはそれでいこう」

ミル、ララ、ルノーラさんには、すでに大容量のアクセサリー型マジックバッグを渡してある。

それの極小バージョンを教会メンバーに渡せばよさそうだ。

「あと、子供たちに武器は作ったけど、防具も渡したいな」

俺が呟いたら、リーファがすかさず言ってくる。

「それでは深淵の森産の魔物から採れる糸で服を仕立てましょう。染料も森産であれば魔力の馴染みがいいですから、ご主人様の魔法を多く付与できます」

「それがいいな」

アルケニーの糸で作ることには、セブールが難色を示してたけど、深淵の森産の糸なら問題ないだろう。

でも結局服を量産する必要があるから、セブール、リーファ、ブラン、ノワールに頼ることにはなるな。

「デザインをある程度統一すれば、それほど手間でもないかと思います」

セブールにそれでいいか確認したところ、快諾してくれた。

「じゃあ、防具についてはそれで頼むよ」

深淵の森の魔物から採れる糸からは、強靭な繊維ができる。俺の付与魔法なしでもナマクラな刃物は通さないだろう。それを俺が付与魔法を使って強化すれば、下手な鎧よりも防御力はあるはずだ。

だけどそう考えた直後、新しいアイディアを思いつく。

「そうだ。バッジ型の結界の魔導具も作るのはどうかな？」

「結界より、身体強化魔法の付与でいいのでは？」

「それもそうか。結界は子供たちでは、使い方が難しいかもな」

攻撃を受ければ、自動的に結界を張る魔導具を作るのはそう難しくない。

だから子供たちの防具としてちょうどいいかと思ったんだが、子供たちはいつも集団でいるからな。それぞれの結界が干渉してしまうと、うまく作用しない可能性もある。

「そうだ。身体強化と小回復が発動する魔導具にすればいいじゃないか」

俺がそう言うと、セブールも同意する。

「それなら安心ですな。身体強化があればそもそも怪我をしづらいですし、もし怪我を負っても、多少の傷ならすぐに回復します」

「じゃあ、それでいこう」

それだけの魔法を付与したバッジを作るなら、バッジの素材はそれなりのものを使わないといけない。だけど金目のものとして狙われないよう、うまく安っぽい感じに偽装しないとだ。

ちょっと装備が過剰かもしれないが、これから人が増えると、馬鹿なことを考える奴も出てくる可能性が高いからな。転ばぬ先の杖ってやつだ。

二十六話　ネズミたちの襲撃

城塞都市に、時間を掛けて密かに集まる者たちがいた。

ある者は商人と偽って行商で訪れ、ある者は商隊の護衛の冒険者のフリをして、またある者は、移住者に紛れ込んでいた。

その者たちは一ヶ所には集まらず、こっそりと潜伏している。

彼らは魔王国に恨みを抱く、テロリスト集団だ。ゴダル王国へのテロ行為を考えていたはずなのだが、なぜか急に標的を変え、魔王国と関係の深い草原地帯に侵入している。

潜《もぐ》り込んだ男たちは、城塞都市の宿屋の一室でヒソヒソと話し込んでいる。

「中央の城には、潜《もぐ》り込むのも難しそうだ」

「ああ、関係者以外は入るのは難しいだろうな」

「それより狙うなら孤児院じゃないか？　子供は人族や獣人族が多いが、あそこの司祭は魔族だったぞ」

「シスターの何人かも魔族だったな」

この城塞都市のシンボルは、シグムンドたちが使っている城なのだが、そこは魔王国も間借りしているため、警戒が厳しく、テロリストたちが襲撃するには人手が足りない。

そうなると自然と、一見狙いやすそうに見える孤児院がターゲットになる。それが決定的な間違いであることに、テロリストたちだけが気付いていないのだが……

そして、孤児院をテロの標的に選んでいることから分かるように、この者たちには一ミリの大義もない。

ただ魔王国や魔族に関連するものを攻撃し、恨みを晴らしたいだけなのだ。

「じゃあ、一番の標的は孤児院か？」

「ああ、あとは移民の住宅を適当に選んで襲撃する。魔族どもの斡旋《あっせん》で移住した奴らだ。人族とて遠慮はいらん」

「襲撃はいつやる？　他の者が全員が揃うのを待つか？」

「……一度騒ぎを起こせば、二度目の襲撃は難しくなるだろうからな。可能なら、できるだけ人数が集まってからにしたい」

全員が揃ったとしても少数なのだが、それでもテロリストたちは、各地から来る同胞を待つことを選んだ。

「逃走経路はどうなっている？」

「門のゴーレムは大型だ。動きは鈍重そうだから、門から脱出できるだろう」

「あとは馬を奪えれば、逃走の成功率がもっと上がる」

この男たちは、孤児たちを狙う非道なテロを計画しておきながら、自分たちは可能であれば逃げようとしている。

先代魔王の引き起こした戦争から十年経ち、家族や大切な者を失った恨みはなくならないものの、テロのために自分の命を犠牲にしようとする者は少なくなっていた。

そして代わりにこの男たちのような、魔王国にさしたるダメージも与えられないのに、嫌がらせのようにテロを行っては逃げ、また別の地でテロをするといった、中途半端な者たちが増えたのだ。

「それで、爆発石《ばくはつせき》の用意は大丈夫か？」

「用意はしたが、数を揃えるのは難しかった」

「値段が張るうえに、威力も大したことはないが、ないよりはマシだろう」

男たちの言う爆発石とは、魔石に爆発の魔法を描き込んだものだ。

男たちは人族の平民なので、魔法を使える者がほぼいない。なので、この爆発石を使って爆発の魔法の代わりにするつもりだ。

ちなみにこの世界の人族は、貴族なら高い確率でそれなりに魔法が使える。だが平民となると、使えたとしても火種を作ったり、一日にコップ一杯の水を出したりで精一杯なのだ。

このため、威力のある攻撃魔法の代わりとして生み出されたのが、爆発石である。

また、この爆発石の威力がそれほどでもないのには理由がある。

西方諸国で入手された魔石から作られる爆発石なので、そもそもの魔石の質が低く、そのために高威力にならないのだ。これが深淵の森産の魔石を素材に使った爆発石であれば、もっと威力のあるものが作れる。

だが、大した威力ではないながら、それでも一般の人間への攻撃に使えば、相手が即死するレベルだ。

「孤児院のガキどもや聖職者の奴らを狙うなら、これで十分だろう」

「それもそうか。魔族の兵士にさえ気を付ければ、あとはどうとでもなるな」

「ああ。魔族の兵士でも、爆発石が直撃すれば殺せるさ」

普通の孤児院の子供たちなら、男たちが思った通りの結果となったはずだ。

しかしここは普通ではない地である。

シグムンドたちのパワーレベリングにより、孤児院の子供たちは、質の低い爆発石では致命傷を負わない程度に強くなっている。

単にレベルが上がっただけなら難しかったかもしれないが、子供たちはセブールとリーファが用意し、シグムンドが付与魔法で強化した服を着ているので、テロリストたちの爆発石程度では、かすり傷を付けるのも難しい状態だ。それだけでなく、念のためとシグムンドが、身体強化の付与魔法を施したバッジもつけている。この状態では直撃したとしても、傷一つ負うことはない。

そう、テロリストの男たちの想定する常識が、ここでは通用しないのである。

加えて、ジーラッド聖国や西方諸国連合からの間諜が、ことごとく潜《もぐ》り込めないこの城塞都市に、自分たちがうまく潜入できたと思っているのも、おめでたい限りだ。

男たちのいる宿にしても、シグムンドが自ら建てたものだ。そんな場所で、ヒソヒソと悪だくみする愚かさに男たちは気付いていないのだった。

◇

俺――シグムンドのいる城塞都市にネズミが紛れ込んで、よからぬことを計画してるみたいだ。

それへの対処をどうするか、ウラル王国からの移民第一陣を率いてきたダーヴィッド君を交え、相談している。

ちなみに、この城塞都市にネズミが紛れ込んだのは、俺が見逃したからだ。子供たちやロダンさんたちのための訓練の一環として使えると思ったんだよな。

俺は、深淵の迷宮では、最底辺のゴーストだった。そのおかげか、自然と敵を察知する能力が身についている。そんな俺が、非道なことを企む輩を見逃すわけもなく、ネズミたちのことは全員マーク済みだ。

「ああ、あの無法者たちですか」

ダーヴィッド君に潜《もぐ》り込んだネズミの話をしてみたら、魔王国でも結構知られた存在らしく、知っている風の反応をしてきた。

「魔王国でも有名なのか？」

「はい。魔王国や魔族だけでなく、魔王国と終戦協定を結んだ西方諸国連合までもターゲットにするいかれた奴らです。どこの国からも危険視されていますよ」

そして奴らは、基本的に平民を中心として構成された、ゆるい理念のもとに集《つど》った組織らしい。なら、特別な潜入の技術や高い戦闘力があるわけではなさそうだ。

「道理でな。間諜にしては素人くさいと思ったんだ」

「で、すぐ兵士たちを向かわせますか？」

ダーヴィッド君が俺にそう聞いてくる。

この城塞都市内で、魔王国の兵士が護衛以外の仕事をするには、俺の許可がいると思ったようだ。まあ俺の領土ということになってはいるんだが、それにしてもいちいち許可を取るなんて律儀だな。

「いや、兵士はいいや。ちょうどいいから、ネズミには訓練で役立ってもらおうと思っててな」

「訓練ですか？」

「ああ、教会のロダン司祭や、アーシアさん、メルティーさん、それに孤児たちはレベリングを終えたところなんだ。加えて、子供たちの服をセブールとリーファが用意し、身に着けているアクセサリーも含めて、付与魔法で強化してある。相手が魔王国の精鋭でも、相手にすることはできるだろう」

「……あはっ。僕より強い子がいるかもしれませんね」

ダーヴィッド君がそう言って、引きつった顔で笑う。

「まあでも、訓練で子供たちに怪我をさせたら意味がないからな。その辺は危険がないよう、万全の体制を取るつもりでいるよ」

「なるほど。訓練するつもりでいるなら、都合がいいかもしれません。実際に、奴らなら孤児院を狙うでしょうから。ここの孤児院の子供たちを、魔王国が主導して集めたのは世間に知られているでしょうし」

「ああ、それでか。で、魔王国の借りている場所もターゲットになりそうだと思うが、その辺りの対処は任せても大丈夫かな」

「はい。おそらくは一応攻撃してみた程度の襲撃になるでしょうから問題ないです」

魔王国が間借りしているのは、城と呼んでもおかしくない建物だ。だから少数のテロリストが攻撃してもびくともしない。警備用のゴーレムもいるしな。

「魔王国に貸してる建物と孤児院以外への攻撃は、警備ゴーレム、セブール、リーファで対応するよ。ちなみに、奴らって捕まったら自決するのか？」

「いえいえ、自分の命を懸けるような連中ではありませんよ。奴らは、魔王国に嫌がらせをしたいだけですから。まぁただ、我が国の仕掛けた侵略戦争の犠牲者には間違いないのですがね……」

今回潜《もぐ》り込んだネズミたちを、捕らえた後はどうしようかと考えてたんだが、ダーヴィッド君からはそんな回答が返ってきた。

「ところでシグムンド殿、一応魔王国からも、警備用の人員をお貸ししましょうか？」

「そうだな。今、魔王国の兵士は、いつもより多いから可能ではあるか」

「ええ、移民の人数がいつもより多かったので、護衛も倍の人数でしたから」

「でも、うちもトムたちに助っ人を頼むから、兵士はいなくても大丈夫だと思う」

「…………」

俺がそう言うと、ダーヴィッド君はなんとも言えない顔をした。

ダーヴィッド君は、うちのゴーレムたちの強さを知っているので、この表情なんだと思う。トムたちなら、魔王国の精鋭を単独で蹴散《けち》らすことも可能だ。何せ、深淵の森の拠点付近を一体のみで歩ける実力があるからな。

そして、今回は問題なくトラブルを処理できそうなのだが、それにもかかわらずダーヴィッド君の表情は暗い。

「今後を考えると、ここの警備を強化した方がいいですよね。テロ組織はまとまりもなく人数もそれほど多くありませんが、ジーラッド聖国が支援しそうなのが心配です……」

「まあ、俺が魔王国を頼りすぎたのも原因だな」

魔王国には、孤児院運営の人員選びを丸投げし、移民の件も任せっきりだからな。傍からみれば、魔王国と草原地帯は関係が深いと思われるだろう。

「自警団《じけいだん》でも作った方がいいか……」

「いいかもしれませんね。今は都市内をゴーレムが巡回しているので大丈夫でしょうけど、これからは外にも人が増えますからね」

「外にもオオ爺サマ用の警備ゴーレムがいるが、あれはあくまで、オオ爺サマ用だからな」

「まあ、古竜の近くで馬鹿な真似をする人は少ないでしょうが、一目見て分かりやすい自警団の存在は警備には有効だと思います」

「とはいえ自警団を魔族だけで結成したら、聖国とテロ組織に攻撃する動機を与えちゃうよなあ」

「なら、魔王国と友好関係にある西方諸国から人員をスカウトしますか？」

「俺たちも探してみるが、ダーヴィッド君の方でもお願いできるか？」

「はい。特に、魔王国と草原地帯の交易路上にある国なら、ここの噂も流れているでしょうから、希望者もいるでしょう」

「なら、人柄重視でスカウトを頼むよ」

「分かりました」

自警団を作るとしても、実力はどうでもいい。戦闘力としては、うちの眷属たちだけで十分だからな。監視する目を増やすのと、自警団がいることによる抑止力を高めるのが目的だ。

まあでも、すべては今潜《もぐ》り込んでるネズミを排除してからの話だな。

ネズミの数は、十五人ほど。とても大きなことができそうな人数ではない。

とはいえ、あいつらが狙ったのがこの城塞都市じゃなく、他の場所だったらそれなりの被害も出たんだろう。

そして、ネズミたちが昼間に動くのか、夜に動くのかだが、どうやら被害を増すために、住民が活発に動いている昼間に決行するつもりのようだ。テロだから、目立ってなんぼという思惑もあるんだろう。

さて、そろそろネズミがやって来そうかな。

◇

城塞都市の宿の四人部屋の一室に、十五人の男たちが集まっていた。

年齢も服装もバラバラで、プロの兵士や諜報員でもない。だがそのために目立ちづらく、城塞都市にたやすく潜《もぐ》り込めたのだと思い込んでいる。

実際はバレバレで、シグムンドだけでなく、魔王国の兵士もすでに彼らをマークしていた。

それを理解するほど荒事《あらごと》に慣れているわけでもないテロ組織の男たちは、爆発石をそれぞれ持てるだけ持つ。

一人の男が一つの爆発石を手の中で転がし、愚痴を言う。

「しかし、この爆発石の性能がもっと高ければな。孤児院を建物ごと吹き飛ばすことができるんだが」

「無茶言うな。そんな魔法が描き込める魔石など、それこそ深淵の森の魔物でも討伐しなければ手に入れられない」

「ああ、そんな武力があるなら、直接魔王国に戦いを挑んでいるさ」

だが男の愚痴は、周りの男たちから、ない物ねだりだと総ツッコミされた。

ツッコミを入れられるのも仕方ない。高い威力の爆発石を作るには、深淵の森まではいかずとも、高ランクの冒険者が複数人で挑むレベルの魔物の魔石が必要となる。資金力に乏しいテロリストたちが手に入れるなど夢物語なのだ。

それでも一般人にとっては、質の低い爆発石でも死に至る危険物だ。実際、これまでも西方諸国で行われたテロ行為では、爆発石による死傷者が出ている。

「では、予定通り配置に着くぞ」

「決行の合図は、午後二の鐘《かね》」

「成功を祈る」

「ああ、派手に暴れてやろう」

「「「おぅ!!」」」

準備を終えた男たちは、それぞれ事前に決めた場所へ移動を始める。

ちなみに決行の合図となる午後の二の鐘とは、城塞都市内で時刻を知らせるために二時間おきに鳴らす鐘のことだ。午後二の鐘が鳴る時刻は、午後二時にあたる。

こうして服装も年齢も生まれた国もバラバラの男たちが、それぞれの持ち場へと散っていった。

そんな彼らの様子を、影に潜《ひそ》んで監視する者たちがいた。

(午後二の鐘ってことは、あと二時間もあるな。奴らずいぶんとのんびりしてるな)

(そうですな。ですが、午後二時頃を狙うのは間違いではありません)

誰もいなくなった部屋で会話しているのは、シグムンドとセブールの二人。

悪さを企むネズミが動きだしそうだったので、影に潜《ひそ》んで監視をしていたのだ。室内なら影などいくらでもあるのだから、監視は楽だった。

(午後二時か……まあ、昼過ぎで気が抜けてるタイミングとも言えるか)

城塞都市内の孤児院では、食事を一日に三回取る。

この世界の平均的な平民は、一日二食が多いのだが、そこはシグムンドが営む孤児院なので、この世界の常識とは違っている。

テロリストたちは、孤児院の子供たちが昼食を終えた後、そのうちの小さな子たちはお昼寝をするのが日課となっているのを事前に情報収集していた。それゆえ、気がゆるんでいそうな時間帯と判断し、このタイミングでのテロ決行を決めたのだ。

シグムンドとセブールは、影から姿を現して会話する。

「さて、俺は一応孤児院の警護を担当するかな。まあレベリング済みの子供たちなら、問題なくやっつけると思うけど、孤児院へ向かったネズミの数は多いからな」

「では、それ以外の輩はお任せください。ヤタも監視していますし、リーファもすでに孤児院を警備しているようです」

「ああ、それで十分だろう。ファーマーゴーレムのトム、オリバー、ジャックにも、散ったネズミたちをそれぞれマークするよう指示済みだしな」

本来なら十五人程度のテロリスト対処など、リーファかセブール一人でも十分だ。

しかし今回は、孤児院の子供たちの訓練が目的でもあるので、万が一にも危険がないよう、万全の体制を整えたのである。

こうしてシグムンドたちによる厳戒態勢の中、テロリストたちの無謀な襲撃が始まろうとしていた。

二十七話　訓練の成果は上々

午後の二の鐘が鳴る。

この時間帯の城塞都市では、移民たちが午後の仕事の前に教会に立ち寄り、祈る姿が見られる。

朝早くから仕事をし、昼食の休憩の後に教会で祈りを捧げる住民は意外なほど多い。元日本人で、どちらかというと宗教から距離がある人間だったシグムンドからすれば、感心してしまうほどの人数だった。

祈る人が多いのには理由がある。ここの住民の多くは、貧しくて生きるのが精一杯だった人たちだ。移住してからの待遇の素晴らしさを思えば、今の生活を神に感謝する気持ちになるのも当然なのである。

しかしそんな場所だからこそ、テロリストたちにとって、一番の標的になったのも事実だった。

テロリストたちが狙っているのは孤児院だけではない。その運営組織であり、集まる人も多い教会も標的と考えている。

シグムンドたちからすれば、孤児院や教会を標的にするなど、外道《げどう》としか思えない。レベリング後の子供たちの訓練という目的がなければ、男たちは人知れず、この城塞都市から消されていたに違いない。

午後の二の鐘が鳴りやむと、そろそろと足音を潜《ひそ》めて孤児院に近付いていたテロリストたちが駆けだす。

彼らが両手に握るのは爆発石。成功を確信しながら、次々と孤児院に投げつけた。

だが、その次の瞬間、爆発石は起爆するどころか、テロリストの男たちの視界から消えてなくなる。

「⁉」

慌てて更に追加で、手持ちの爆発石を投げつける男たち。だが、結果は変わらない。

「クソッ！　こうなったら直接ガキを殺《や》るぞ！」

テロリストの一人はそう吐き捨てた。それを合図にそれぞれが剣やナイフを抜き、子供たちに向かって走っていく。

◇

ネズミたちが動きだし、例の爆発石とかいうヤツを投げ始めた。

まあ、爆発する前に俺が影空間に収納しちゃうんだけどな。そのせいで奴らには、急に消えたように見えたはずだ。

爆発石がなぜか消え、このままじゃ埒《らち》が明《あ》かないと思ったのだろう。テロリストの男たちは、剣やナイフを抜き、子供たちを狙っての直接攻撃に切り替える。

とはいえ、うまくいくわけがないんだけどな。

一番にテロリストの前に飛び出したのは、ポーラちゃんだった。

「ヤーッ！」

ドガッ‼

「グッゥフウ！」

男たちには、ポーラちゃんの動きが捕捉できないようだ。気付かないうちにポーラちゃんの接近を許してしまい、彼女のボディブローが、深々と腹に突き刺さる。

そしてポーラちゃんを皮切りに、他の子供たちも飛び出していく。

ドガッ！

バキッ！

「グフッ！」

「グハッ！」

襲ってきたテロリストたちを、ポーラちゃんたち孤児院の子供たちが蹂躙《じゅうりん》していく。

子供たちは、俺たちのパワーレベリングにより底上げされた身体能力で、一般人と大差ない実力のテロリストたちを、容赦なく打ちのめした。

剣やナイフを持つ手を蹴られ、なす術なく立ちすくむ男たち。

子供たちの小さな影がいくつも、高速で駆けまわり、男たちを前から背後から横から下からボコボコにしていき、倒れる暇も与えない。

同情なんて一ミリもしないが、幼児たちに一方的にボコられる大人って、見ていて哀れだな。

地面に落ちたはずの剣やナイフは、いつの間にか消えている。

もちろん、回収したのは俺やリーファだ。

地面に落ちたままだと、子供たちが怪我したらいけないからな。まあ子供たちの装備を考えたら、万が一にも怪我することなんてないんだが、念のためだ。

「たしゅけ、て……」

バキッ！　ドカッ！

「や、やめて……」

ボコッ！

情けなく許しを乞《こ》うも、子供たちの攻撃の手はゆるまない。

最終的に意識を失ったようだが、テロリストたちは倒れることも許されず、袋叩きにされ続ける。

うーん、そろそろ止めようかな。

「ポーラちゃん、みんな。もういいぞ」

俺が制止すると、子供たちは動きを止める。みんな、とてもいい笑顔をしていた。

ドザッ！　ドザッ、ドザッ！

子供たちの攻撃が止まると、同時にテロリストの男たちが地面に倒れる。

「お兄ちゃん。もういいの？」

「ああ、あとは任せてね」

「あーあ、ぜんぜん手応《てごた》えなかったなぁ」

ガッカリした様子で、子供の一人が言った。

ポーラちゃんや他の子供たちもまだ戦い足りないみたいだが、すでに倒れた男たちを攻撃するのも違うと思ったのか、スキップしながら孤児院の中へ帰っていった。

暴れ足りないのかもだが、それでも、ある程度は満足できたようだな。

そう思いながら、帰っていく子供たちの後ろ姿を眺めていたら、ロダンさんとアーシアさんが俺に声を掛けてくる。

「こっちも終わりました」

「爆発石の処理、ありがとうございます。助かりました」

ネズミたちは、孤児院だけでなく教会にも爆発石を投げていた。そちらについても、俺が対処して回収していたんだ。

「問題ありませんでした？」

「ええ、所詮は半端者たちですから」

「人数も思ったより少なかったですしね」

ロダンさんやアーシアさん的には、パワーレベリングしていない状態でも余裕な相手だったみたいだ。今は聖職者をやっているからついつい忘れがちだが、ロダンさん、アーシアさんは十年前の戦争の従軍経験者だからな。

そうこうしているうちに、城塞都市内のネズミは全員が捕獲されたようだ。

そもそも、あの人数で、この城塞都市をどうこうできるはずがない。身のほどを知ってほしいものだな。

「子供たちは全員無事でしたか？」

ロダンさんが心配そうに聞いてきた。

「もちろん。むしろ、手応えがなさすぎて物足りなさそうでしたよ」

俺がそう伝えると、ロダンさんはほっとした表情になる。内心、かなり心配だったんだろうな。

「まあ、あの子たちったら。ちょっと、子供たちの様子を見てきますね」

アーシアさんは、直接子供たちの顔を見て安心したいのだろう。失礼しますと言い残して、子供たちのいる孤児院の方へ歩いていった。

「テロリストは、ダーヴィッド君の所に届ければいいかな」

「そうですね。私たちじゃ始末してしまう以外、何もできませんしね」

テロリストの今後の処遇を魔王国に任せようと提案すると、リーファは賛成してくれた。

別に俺たちが始末してもいいんだが、本当に跡形もなく消し去るだけだからな。それだったら、ダーヴィッド君に任せた方が穏便だろう。

さてと、子供たちの訓練は大成功だったな。

自警団を作ろうなんて言ってたけど、もう、子供たちに任せてもいいんじゃないか？

ミル、ララみたいにみんなに従魔をつけてあげたら、自警団を通り越して、魔王国の軍隊レベルの強さになってしまう気がする。

でも、ポーラちゃんたちが従魔を望むなら、今度探してあげてもいいかもな。

いずれ最強の錬金術師？
SOMEDAY WILL I BE THE GREATEST ALCHEMIST?
1～5
原作＝小狐丸
漫画＝ささかまたろう
シリーズ累計
74万部！（電子含む）
最強の生産スキル
錬金術発動！
勇者でもないのに勇者召喚に巻きこまれ、異世界転生してしまった入間巧。「巻きこんだお詫びに」と女神様が与えてくれたのは、なんでも好きなスキルを得られる権利！地味な生産職スキルで、バトルとは無縁の穏やかで慎ましい異世界ライフを希望――のはずが、与えられたスキル『錬金術』は聖剣から空飛ぶ船までなんでも作れる超最強スキルだった……！ ひょんなことから手にしたチートスキルで、商売でボロ儲け、バトルでは無双状態に!? 最強錬金術師のほのぼの異世界冒険譚、待望のコミカライズ!!
◎B6判　◎各定価：748円（10%税込）
いずれ最強の錬金術師？
原作 小狐丸
漫画 ささかまたろう
5
仲間の絆でスキルが進化!?
激レア魔物をテイムせよ!!
シリーズ累計74万部
ここでしか読めない番外編も収録！
Webにて好評連載中！
アルファポリス 漫画
検索
コミックス絶賛発売中！

見捨てられた
万能者は、
やがてどん底から
成り上がる
[著]
グリゴリ
人外な仲間達と楽しく
やり直したい!

見捨てられた
万能者は、
やがてどん底から
成り上がる
[著]グリゴリ
どん底冒険者なんてもうたくさん!
人外な仲間達と楽しく
やり直したい!
王国最強パーティを追われた元荷物持ちの、成り上がり大冒険!
アルファポリス